Heiner Raude Roberg · Justitias Studium

Heiner Raude Roberg arbeitet als Rechtsanwalt bei einem Interessenverband und unterrichtet Rechtskunde an einer Berufsschule.
justitia01@web.de

Heiner Raude Roberg

Justitias Studium

Roman über die Entwicklung des Rechts

Bibliografische Information der Deutschen Nationalbibliothek:
Die Deutsche Nationalbibliothek verzeichnet diese Publikation in der Deutschen Nationalbibliografie; detaillierte bibliografische Daten sind im Internet über < http://dnb.d-nb.de > abrufbar.

Satz und Layout: Buch&media GmbH, München
Umschlaggestaltung: Kay Fretwurst, Spreeau unter Verwendung
von Carl Spitzweg »Fiat Justitia« (Repro: ddp)
Herstellung und Verlag: Books on Demand GmbH, Norderstedt
Printed in Germany
ISBN 978-3-8334-7641-9

Inhalt

Das zweite Semester
Verfassungsrecht – vom Absolutismus zum Verfassungsstaat

Das erste Semester

Die Anfänge des Rechts – von der Selbstjustiz zum Gewaltmonopol des Staates

*Wer auf Rache aus ist,
der grabe zwei Gräber.*

Chinesische Weisheit

Maria Busch
wählt die Selbstjustiz

Es war ein schöner Sommertag. Die Sonne stand hoch am blauen Himmel. Michelle spielte im Hof. Sie malte mit roter Kreide viereckige Markierungen auf das Pflaster. Anschließend hüpfte sie auf einem Bein in die verschiedenen Felder. Wo nur ihre Freundin Carla blieb? Sie war doch sonst um diese Zeit bereits im Hof. Es war schöner, gemeinsam mit Carla zu spielen, denn sie hatte immer viele gute Ideen. Die Hoftür knarrte und öffnete sich langsam. Das würde sie sein.

»Da bist du ja endlich!«, wollte Michelle gerade erfreut rufen. Doch dann stutzte sie, denn nicht ihre Freundin, sondern ein Fremder stand in der Hofeinfahrt. Sie konnte sein Gesicht nicht sehen, weil die Sonne blendete.

»Hallo Kleine«, sagte er mit dunkler Stimme. »Kann ich deine Eltern sprechen?«

»Mutti arbeitet nachmittags, sie kommt erst gegen sechs zurück.«

»Und dein Vater?«

»Papa lebt nicht bei Mutti und mir.«

Der Fremde kam auf sie zu. Er war sehr groß. Michelle fühlte sich unbehaglich, ohne die Mutter oder auch Carla in der Nähe. Plötzlich konnte sie sein hässliches Gesicht erkennen, weil sich eine dunkle Wolke vor die blendende Sonne geschoben hatte. Der Mann hatte eine schiefe Nase, ungekämmte und fettige Haare und er trug eine schmutzige, zerschlissene Hose.

»Ich möchte dir etwas zeigen«, sagte er gedehnt und grinste dabei wie der schreckliche Zauberer aus dem Märchenbuch. Er war so nah, dass er mit seinen behaarten, knochigen Händen nach ihr fassen konnte. Michelle wich zurück. Sie wollte sich losreißen, aber er hielt sie fest. Sie versuchte zu schreien, doch er legte ihr die Hand auf den Mund. Panische Angst erfasste sie, als das Licht hinter seinem Körper verschwand. Er war über ihr, gewalttätig. Er riss an ihren Kleidern. Sie wollte rufen, schreien, aber es war keine Luft zum Atmen da. Es schmerzte fürchterlich. Es war ohne jeden Vergleich.

Drei Tage und drei Nächte wurde Michelle Busch gesucht. Hunderte von Polizeikräften durchkämmten jeden Winkel in der Nachbarschaft. Dann fand man ihre Leiche, verscharrt in einem Waldstück.

Michelles Mutter brach zusammen, als man ihr die schreckliche Nachricht überbrachte. Im Krankenhaus wurden ihre physischen Funktionen aufrecht gehalten. Doch sie hatte ständig nur das eine Bild vor Augen: ihr geschundenes Kind mit den unbeschreiblichen Verletzungen, dessen Gesichtsausdruck auch in der Todesstarre noch das erlebte Entsetzen zeigte. Die Seele ihrer Tochter war in wenigen Minuten zertreten und gnadenlos zerstört worden. Es war nichts mehr normal. Sie konnte ausschließlich an das Leid des gemarterten Kindes denken. Ständig verfolgten sie die schrecklichen Bilder. Nur auf Aufforderung aß sie, trank sie, kleidete sie sich an. Es brauchte Wochen, bis sie wieder unter Menschen ging.

Die Polizei suchte fieberhaft nach dem Täter. Beweise wurden erhoben. Alle männlichen Einwohner der Stadt nahmen an einer Speicheluntersuchung teil. Die Kriminalpolizei hoffte, durch diese Untersuchung auf den Täter zu stoßen. Nach Wochen führten die Nachforschungen zum Erfolg. Peter Hanisch, er wohnte drei Straßen vom Tatort entfernt, saß vor dem Fernseher, als die Polizei vorfuhr. Er war viel zu überrascht, um sich zu wehren oder gar zu fliehen. Handschellen schnappten zu.

Wenig später wurde er im Polizeipräsidium zum ersten Mal verhört.

»Wie heißen Sie?«

»Peter Hanisch.«

»Wie alt sind Sie?«

»33 Jahre.«

»Was sind Sie von Beruf?«

»Schlosser.«

»Wir beschuldigen Sie, Michelle Busch brutal vergewaltigt und getötet zu haben. Wo waren Sie zur Tatzeit?«

Peter Hanisch leugnete nicht lange. Nach zwei Stunden brach er zusammen. Er weinte, er schrie. »Ja, ich habe sie umgebracht! Ich bin schon häufiger an dem Hof vorbeigekommen und habe die Kinder beim Spielen beobachtet. An diesem Tag war sie allein, und da kam es wie ein Zwang über mich.«

Peter Hanisch war bereits vorbestraft, weil er schon einmal ein Kind missbraucht hatte. In dem anschließenden Urteil war festgestellt worden: »Aufgrund des Gutachtens des Facharztes steht für die Kammer unzweifelhaft fest, dass die abnorme sexuelle Triebrichtung des Angeklagten Suchtcharakter und damit Krankheitswert hat.«

Ein Jahr nach diesem gerichtlichen Verfahren hatte sich Peter Hanisch im Landeskrankenhaus operativ kastrieren lassen.

In den nächsten Wochen wurde die Anklage vorbereitet. Michelles Mutter las die Zeitungsartikel über den Täter, betrachtete die veröffentlichten Fotos, sah den kalten Gesichtsausdruck eines Kinderschänders und Mörders. Ihre Verzweiflung und tiefe Niedergeschlagenheit verwandelten sich in mörderischen Hass.

Drei Monate nach der Tat fand die gerichtliche Hauptverhandlung statt. Am zweiten Verhandlungstag sagte Dr. Ahlen aus, der Arzt, der den Angeklagten wegen seiner Veranlagung behandelt hatte. Peter Hanisch hatte sich wegen erheblicher Beschwerden als Nachwirkung der Kastration an ihn gewandt und Dr. Ahlen hatte eine Hormonbehandlung durchgeführt.

Maria Busch verstand nicht, was der Zeuge ausführte und mit dem Richter besprach. Es beschlich sie das Gefühl, dass alles bereits entschieden sei und man längst irgendeine Hintertür für Peter Hanisch offenließ.

In der Gaststätte, in der Maria Busch arbeitete, wurde ein Revolver, eine Beretta, Kaliber 22, aufbewahrt. Am Abend des zweiten Verhandlungstages besorgte sie sich diese Waffe und nahm sie am nächsten Morgen zum Prozess mit. Sie hatte keine Probleme, die Schusswaffe unbemerkt in den Gerichtssaal zu schmuggeln. Der schwere Revolver in der Tasche ihres weiten Hosenanzugs beruhigte sie.

Es war kurz vor Beginn der Verhandlung. Alle Plätze für Zuhörer waren belegt. Peter Hanisch saß in der erhöhten und abgetrennten Stuhlreihe an der Längsseite des Saals und hatte den Zuschauern den Rücken zugekehrt. Deutlich stand Maria Busch wieder das schreckliche Bild vor Augen, wie der Schlosser ihre Tochter erdrosselte. Von hinten trat sie an den Angeklagten heran. Unvermittelt zog sie die Beretta aus ihrer Hosentasche und feuerte sieben Mal.

Ein Schuss traf den Arm von Peter Hanisch. Sechs

Schüsse trafen ihn in den Rücken. In seinen Gesichtszügen zeigte sich ein Ausdruck der Überraschung, als er, von den Kugeln getroffen, zusammenbrach. Im Gerichtssaal brach ein Aufruhr los.[1]

[1] Nachgebildet dem »Fall Marianne Bachmeier«, Der Spiegel 10/1981, S. 130 ff.

Professor Westhagens
Vorlesung beginnt

Professor Westhagen überlegte einen Augenblick, dann nahm er den weißen Springer und schlug damit den schwarzen Turm. Konzentriert betrachtete er die Situation auf dem Schachbrett. Gewöhnlich entspannte er sich in der kurzen Zeit zwischen den Vorlesungen, indem er berühmte Schachturniere nachspielte. Er blickte auf seine Armbanduhr, ein teures Geschenk seiner Frau aus längst vergangenen besseren Ehetagen. In wenigen Minuten würde seine Vorlesung »Geschichtliche und soziale Hintergründe des Rechts« für die Jurastudenten im ersten Semester beginnen. Er wollte noch einmal sein Manuskript überfliegen, doch in diesem Augenblick klopfte es und seine Sekretärin trat nach entsprechender Aufforderung ein. Sie erinnerte ihn daran, dass es Zeit sei, sich auf den Weg zum Vorlesungssaal zu machen. Professor Westhagen war gerade im Begriff zu antworten, als eine Radiomeldung seine Aufmerksamkeit in Anspruch nahm:

Heute ist es im Prozess um die Tötung und den Missbrauch von Michelle Busch zu einem tragischen Zwischenfall gekommen. Die Mutter des getöteten Kindes erschoss den mutmaßlichen Täter P. Hanisch im Gerichtssaal. Von sechs Schüssen getroffen, verstarb dieser noch im Gebäude. Frau Busch ließ sich ohne Widerstand festnehmen.

Professor Westhagen ging zu dem Radio, das im Regal hinter seinem Schreibtisch stand, und stellte es ab.

»Da hat er ja seine gerechte Strafe bekommen, dieser Kinderschänder«, sagte seine Sekretärin erregt. »Ich glaube, ich hätte nicht anders reagiert. Wer weiß, ob er überhaupt eine Strafe ...«

»Frau Krämer, Sie erlauben sich hier ein Urteil über Dinge, die Sie nicht verstehen!«, wies der Professor sie scharf zurecht und nahm zwei Bücher und einen Schnellhefter vom Schreibtisch. Dann ging er an ihr vorbei, ohne sie anzusehen, und verließ grußlos das Büro.

Arne klemmte seine Tasche unter den linken Arm und hielt mit der rechten Hand einen Schreibblock und einen Kugelschreiber fest. Er blieb vor Vorlesungsräumen stehen, las Hinweisschilder und versuchte, nicht mit den anderen Studenten zusammenzustoßen, die in großer Anzahl zu ihren Veranstaltungen eilten. Als er das Vorlesungsverzeichnis am schwarzen Brett durchlas, wurde ihm schwindlig: Es gab Vorträge über Verfassungsrecht, Gesellschaftsrecht, Sachenrecht, Strafverfahrensrecht, allgemeines Schuldrecht – alles Rechtsgebiete, von denen er keine Ahnung hatte.

Er war auf der Suche nach dem Raum R 131 im Nordflügel des Juridicums, dem Gebäude der Juristen, in dem die Vorlesung »Geschichtliche und soziale Hintergründe des Rechts« von Professor Westhagen stattfinden sollte. Für diese Vorlesung hatte er sich vor einigen Tagen angemeldet.

Das Juridicum bestand aus einem Karree von schönen alten Backsteinbauten. In einem Flügel befand sich die Bibliothek, in einem weiteren waren die Vorlesungsräume untergebracht und die zwei anderen Gebäude beherbergten die Büros der Professoren und der Verwaltung.

An der Bibliothek war Arne bereits vorbeigekommen. Er suchte nun schon seit zehn Minuten. Irgendwie hatte er diese Probleme erwartet, aber er wollte niemanden fragen. Es war ihm unangenehm, als ahnungsloser Anfänger erkannt zu werden. Schließlich folgte er unschlüssig einer Gruppe von Studenten eine Treppe hinauf. In der ersten Etage stand direkt vor dem Eingang zu einem Vorlesungssaal ein großer Tisch, an dem zwei Studenten saßen. Arne ging zögernd darauf zu. »Willst du zu der Vorlesung über die geschichtlichen und sozialen Hintergründe des Rechts?«, sprach ihn einer der beiden an.

»Ja«, sagte Arne erleichtert. Endlich hatte die Suche ein Ende.

»Wie heißt du?«

»Arne Glose.«

Der junge Mann schaute auf eine Liste, die vor ihm lag. »Ach ja, hier«, sagte er, als er Arnes Namen gefunden hatte. »Du hast die Platznummer 143.« Er drückte Arne eine graue Platzkarte mit der aufgedruckten Nummer in die Hand und zeigte auf die Tür zu dem Vorlesungssaal.

Der Raum war bereits gut gefüllt. Arne versuchte, über die Köpfe hinweg in den Vorlesungssaal zu sehen, der ihn an ein Amphitheater erinnerte. Sein Blick folgte den abfallenden Sitzreihen. Unten befand sich ein Podest, auf dem ein Pult stand. Dort würde in wenigen Minuten Professor Westhagen stehen und seinen Vortrag halten. Die Sitze und Schreibpulte für die Studenten waren in Halbkreisen um das Podium angeordnet, durchbrochen von zwei Gängen. Auf der linken Seite spendeten große, bis zum Boden reichende Fenster viel Licht. Die gegenüberliegende Wandseite war mit Bildern von alten Männern geschmückt. Das waren sicher berühmte Juristen, dachte Arne.

Langsam ging er einige Reihen hinunter. An den Holzpulten entdeckte er die Nummern 140, 141 ... Dort war sein Platz. »Entschuldigung«, sagte er zu der Studentin auf Platz 142. »Ich habe die Nummer 143.«

Sie stand sogleich auf, um ihn vorbeizulassen. Die junge Frau trug ein dunkelblaues Kleid mit weißen Punkten. Ihre blonden, gewellten Haare wurden von einem Haarreif zusammengehalten. Seine Aktentasche vor die Brust drückend, zwängte sich Arne an ihr vorbei. Hier war also sein Platz für das kommende Semester, dachte Arne, als er sich gesetzt hatte. Er schaute zu seiner Banknachbarin hinüber. Als sie seinen Blick freundlich erwiderte, fragte er: »Ist das so üblich, Platznummern zu bekommen?«

»Nein, ich glaube nicht, dass es normal ist«, antwortete sie. Die Studentin lispelte ein wenig. Arne gefiel das, weil der kleine Sprachfehler einen Kontrast zu ihrem eleganten, makellosen Äußeren bildete. »Mir ist aufgefallen, dass es die einzige Vorlesung im Veranstaltungsverzeichnis ist, die diesen Zusatz ›persönliche Anmeldung erforderlich‹ hat. Auf mich hat das fast schon einen ...«, sie suchte nach Worten, »bedrohlichen Eindruck gemacht. Ich weiß nicht, welchen Sinn es haben soll.« Sie machte eine kleine Pause, dann drehte sie ihm den Kopf zu. »Wo wir doch jetzt Nachbarn sind, sollten wir uns vielleicht bekannt machen. Ich heiße Timea.«

Arne stellte sich ebenfalls vor. Dann entstand eine Pause. Auf Timeas Schreibfläche lagen ihr Kollegheft und eine voluminöse Gesetzessammlung mit einem roten Plastikeinband, mit dem Titel »Schönfelder, Deutsche Gesetze«, außerdem zwei parallel auf den oberen Rand des Heftes ausgerichtete Schreibstifte sowie zwei Leuchtmarker, rosa und blau, zum Hervorheben von Textstellen. Arne zeigte auf die Gesetzessammlung. »Ist das nicht etwas übertrieben, so ein schweres Buch zum ersten Vorlesungstermin mitzubringen?«

»Vielleicht«, meinte Timea verlegen, »aber immer noch besser, als nicht genügend vorbereitet zu sein.«

Die Reihen füllten sich, doch der Platz Nummer 144 neben Arne blieb frei. Die meisten Studenten waren überpünktlich. Gespannt saßen sie in den Bankreihen und warteten auf den Beginn ihrer ersten juristischen Vorlesung bei Professor Westhagen. Eine Tür in der Wand an der Stirnseite öffnete sich und eine dunkel gekleidete Dame erschien. Sie trug ein Glas und eine Flasche Wasser auf einem Tablett. Vorsichtig stieg sie die Stufen zum Podium hinauf, stellte beides auf das Rednerpult und füllte das Glas zur Hälfte mit Wasser.

Nachdem sie den Saal verlassen hatte, dauerte es nur wenige Minuten, dann öffnete sich die Tür ein zweites Mal. Professor Westhagen, ein schlanker Mann etwa Mitte fünfzig, betrat den Vorlesungsraum. Das gedämpfte Murmeln der Studenten brach sofort ab. Arne blickte auf seine Armbanduhr. Es war Punkt 10:00 Uhr. Der Professor erreichte das Podium, stieg die drei Treppenstufen hinauf und ging zum Rednerpult. Unter dem Arm trug er zwei Bücher, einen grauen Schnellhefter und eine laminierte Namensliste. Er legte die Bücher auf das Pult und schlug den Hefter auf.

Professor Westhagen trug einen dunklen Anzug und eine farbig gestreifte Fliege. Seine Haare waren sehr kurz geschnitten. Der strenge Blick, den er durch die in Silber gefasste Brille auf die Studenten heftete, beunruhigte Arne. Er bog sich das Mikrofon zurecht und klopfte mit dem Finger dagegen. Dann richtete er sich auf und öffnete den oberen Knopf seines Jacketts. Sein Blick ging über die ansteigenden Reihen der erwartungsvoll dreinschauenden Studenten hinweg, ohne jemandem direkt in die Augen zu sehen.

»Meine Damen und Herren, heute beginnen wir mit der Vorlesung über geschichtliche und soziale Hintergründe des Rechts.« Professor Westhagens Stimme hatte einen durchdringenden, metallischen Klang. Dieser Beginn, ohne ein Wort der Begrüßung, hatte nichts Aufmunterndes, dachte Arne.

»Ein Wort vorweg zur Arbeitsweise: In dieser Vorlesung werden Sie die Gelegenheit bekommen, sich zu beteiligen. Sie sollten sich mit den Literaturhinweisen, die ich Ihnen geben werde, gründlich beschäftigen, damit Sie hier qualifiziert mitarbeiten können. Meine Fragen werden Ihre Denkfähigkeit schulen. Ich erwartete Ihre aktive Teilnahme.«

Professor Westhagen schaute auf die Namensliste. »Herr Glose, können Sie uns erklären, was wir unter dem Gewaltmonopol des Staates verstehen?«, fragte er mit strenger Stimme. Als Arne seinen Namen hörte, erstarrte er. Seine Körperfunktionen froren ein und gleichzeitig raste sein Herzschlag in einer unglaublichen Taktzahl. Seine Handinnenflächen wurden heiß, Schweiß lief ihm den Rücken hinab. »Würden Sie sich bitte melden, Herr Glose?«, sagte der Professor ungeduldig. Arne hob langsam seinen Arm. »Habe ich Ihren Namen richtig ausgesprochen?«

»Ja, mein Name ist Glose«, antwortete Arne leise.

»Herr Glose, bitte sprechen Sie lauter.« Arne wiederholte den letzten Satz, doch er war kaum lauter als beim ersten Mal. Er versuchte, die Luft herauszupressen und mit Überzeugung zu sprechen. Alles Blut war aus seinem Gesicht gewichen und seine Unterlippe zitterte. Er konnte nicht lauter reden. »Herr Glose, würden Sie bitte aufstehen?« Langsam erhob sich Arne. »Nun, wollen Sie so freundlich sein und die Frage beantworten?«

Arne blickte hilfesuchend zu seiner Banknachbarin hinüber. »Mit der Anmeldung zur Vorlesung haben wir diese Aufgabe zur Vorbereitung bekommen«, flüsterte Timea ihm zu.

Arne erinnerte sich jetzt an einen Zettel, den er nur flüchtig gelesen hatte. Wie die meisten der anwesenden Studenten hatte er angenommen, die erste Vorlesung sei als Einführung gedacht. Im Saal war nicht das leiseste Geräusch zu hören. Alle starrten Arne an, als der eine Entschuldigung versuchte. »Ich … ich habe den empfohlenen Text nicht gelesen. Ich habe gerade erst erfahren, dass wir uns auf diesen ersten Vorlesungstermin hätten vorbereiten sollen.«

Professor Westhagen nahm die Stufen vom Podium hinab und ging durch den Gang einige Schritte auf Arne zu. Er fixierte ihn durchdringend. »Nun, Herr Glose, ich werde also Ihre Aufgabe übernehmen und das staatliche Gewaltmonopol beschreiben.« Arne ließ sich auf seinen Platz fallen. Seine Hände zitterten.

Was wird unter dem Gewaltmonopol des Staates verstanden?

»Staatliches Gewaltmonopol bedeutet, dass der Strafanspruch allein dem Staat zusteht und grundsätzlich ohne Rücksicht auf den Willen des Opfers durch Staatsorgane durchgesetzt wird«, erläuterte Professor Westhagen. »Die Strafverfolgungsbehörden werden, sofern ausreichende Anhaltspunkte für eine strafbare und verfolgbare Handlung vorliegen, von Amts wegen tätig. Sie haben sicher auch vom Fall der Maria Busch gehört, die den Mörder ihres Kindes im Gerichtssaal getötet hat.

Das kann nicht geduldet werden, weil eine Strafe nur durch den Staat verhängt werden darf. Das Opfer, in diesem Fall Angehörige des Opfers, dürfen das Recht nicht in die eigenen Hände nehmen.

Das war nicht immer so. Im Gegenteil: In vorgeschichtlichen Zeiten bis hinein ins Mittelalter war es allgemeine Überzeugung, dass man mit Selbsthilfe auf Straftaten reagieren dürfe. Über diese Entwicklung von der Selbsthilfe zum Gewaltmonopol des Staates werde ich ihnen berichten.«

Arne versuchte, sich auf die Vorlesung zu konzentrieren, aber er hatte Schwierigkeiten, den Ausführungen zu folgen. Der Aufruf von Professor Westhagen hatte ihn zu sehr aufgewühlt. Langsam erst drangen die Worte zu ihm durch.

Sesshaftigkeit führt zur Zunahme von Regeln

»Nachdem die Menschen sesshaft wurden, nahm die Zahl der Regeln für das Zusammenleben zu. Durch die Sesshaftigkeit und bäuerliche Lebensweise gewann das Eigentum am Boden an Bedeutung. Es gab eine Vielzahl von Sachen, die man bei Sammlern und Jägern nicht findet: Häuser und Hausrat, Werkzeuge und Ackergeräte. Deren Zuordnung musste geregelt werden. Und es gab mehr Menschen. Es wurde ›enger‹. Neue Regeln für das Zusammenleben und andere Wege zur Lösung von Konflikten wurden notwendig, auch weil die alten zum Teil nicht mehr funktionierten. Man konnte ja nicht mehr so leicht auseinandergehen, wenn es zum Streit kam. Die Konflikte mussten an Ort und Stelle gelöst werden.[2] Das konnte natürlich friedlich geschehen.«

[2] Wesel, Frühformen des Rechts, S. 317 f.

Die Selbsthilfe als Reaktion auf Konflikte

»Aber daneben wurden Streitigkeiten häufig auch unfriedlich durch Selbsthilfe, Rache, Blutrache und die Fehde ausgetragen.« Professor Westhagen hob die rechte Hand und machte sie zur Faust. »Selbsthilfe ist der Oberbegriff. Man hilft sich selbst, nimmt die Durchsetzung des Rechts in die eigenen Hände, eigenmächtig oder gewaltsam. In diesen vorstaatlichen Gesellschaften ist sie grundsätzlich die einzige Möglichkeit, Regelverletzungen auszugleichen, wenn eine Einigung, eine friedliche Konfliktlösung, nicht zustande kommt. Rache ist Ausgleich für Verletzungen, indem der Täter, seine Verwandtschaft oder sein Hab und Gut angegriffen werden. Die extremste Form der Rache ist die Blutrache durch Tötung des Täters oder von Mitgliedern seiner Sippe. Wird Blutrache durch Gegenrache erwidert, spricht man von Fehde.[3] Unsere Vorfahren in den germanischen Stämmen waren eine im heutigen Sinne überwiegend staatenlose Gruppengesellschaft. In diesen Frühgesellschaften gab es keine staatlichen Stellen, keine Zentralinstanzen oder die uns geläufigen Institutionen wie Polizei und Gerichte. Der Mächtige versuchte sein Recht mit Gewalt durchzusetzen. Der Schwächere war weitgehend rechtlos. Er konnte auf Dauer Genugtuung für erlittenes Unrecht an Leben, Körper, Ehre oder Gut nur durch seinen Sippenverband erhalten.[4] Die Sippe reagierte bei entsprechenden Verletzungen mit aggressiver Selbsthilfe. Eine offene Kampfansage an die Sippe des Täters, die Fehde, führte zur Feindschaft zwischen

[3] Wesel, Frühformen des Rechts, S. 328.
[4] Görg, Entstehung Anklageerzwingungsverfahren, S. 19 m.w.N.

den beiden Geschlechtern. Der Schutz durch die Sippe musste den fehlenden Schutz durch Staat und Gerichte ersetzen. Mitwirkung oder Einflussnahme einer obrigkeitlichen Macht waren weder vorhanden noch nach damaligen Vorstellungen denkbar. Durch die Rache sollte die Tätersippe mindestens eine gleichwertige Einbuße erleiden. Dabei konnte das Opfer der Rache vollkommen unschuldig sein, weil es zum Beispiel an der Tat gar nicht beteiligt gewesen war.«

Professor Westhagen schlug eine Manuskriptseite um. »Unsere Kenntnisse über diese Zeit sind natürlich sehr dürftig. Um bessere Vorstellungen über diese Frühformen des Rechts und die Konfliktlösungen zu gewinnen, greifen wir zusätzlich auf Forschungen von Ethnologen über ›einfache‹ Volksstämme zurück.«

Professor Westhagen nahm sein Manuskript zur Hand und las den aufmerksam lauschenden Studenten Textstellen über Selbstjustiz bei afrikanischen und australischen Volksstämmen vor. Nach einer Weile schaute er auf und blickte streng über den Rand seiner Brille hinweg. »Können Sie sich das alles merken?«, fragte er barsch. »Warum machen Sie sich keine Notizen?« Es folgte ein hörbares Rascheln, als die Studenten Kolleghefte und Stifte hervorholten.

Die Studenten schrieben jetzt eifrig mit, als der Professor über die Selbstjustiz bei Eskimos berichtete. Nachdem er die letzte Seite seines Manuskriptes umgeschlagen hatte, blickte er kurz auf seine Armbanduhr und erklärte dann: »In der nächsten Vorlesung werden wir uns noch näher mit den Folgen dieser unfriedlichen Mechanismen zur Konfliktlösung befassen und den schwierigen Weg zu friedlicheren Methoden der Streitbeilegung nachvollziehen. Für die Nacharbeit lesen Sie die ersten Kapitel in dem Werk meines Kollegen Professor Uwe Wesel, ›Früh-

formen des Rechts in vorstaatlichen Gesellschaften‹.«
Professor Westhagen schloss seinen Schnellhefter, nahm
seine Bücher und verließ den Vorlesungssaal durch die
Tür auf der Stirnseite des Raumes.

»Cyberjur«

Arne versuchte, sich in der Bibliothek zu orientieren. Er betrachtete die riesigen hölzernen Bücherregale mit Tausenden von juristischen Fachbüchern. Teilweise bogen sich die Regalböden schon unter der Last der dicken Wälzer. Die Luft war trocken und muffig. Arne war auf der Suche nach dem empfohlenen Buch von Professor Wesel über die Frühformen des Rechts. In der Mitte des Saales, neben einer Säule, entdeckte er mehrere halbhohe Schränke mit quadratischen Karteikästen. Daneben standen auf großen, grauen Tischen Computer, an denen Studenten recherchierten.

Obwohl noch einige Computerplätze frei waren, zog Arne es vor, in den Karteikästen unter den Buchstaben »We« nach dem Regalplatz des Buches zu suchen. Wenn es möglich war, vermied er die Arbeit mit dem Computer. Er interessierte sich nicht besonders für EDV. Er hatte Glück, er fand die Karte zu dem gesuchten Werk – allerdings nur, weil das Veröffentlichungsdatum schon etwas zurücklag. Der Titel war in der Bibliothek vorhanden unter der Signatur AII 3a. Die Bücher waren nach den Signaturen in den Regalen sortiert, sodass Arne keine Probleme hatte, das gewünschte Werk zu finden. Er nahm es aus dem Fach und ging zu den Tischen zwischen den Regalen, an denen die Studenten dicht gedrängt saßen und sich in die juristische Literatur vertieften. Viele Studenten hatten Barrikaden aus Büchern um sich errichtet, hinter denen sie verschwanden. Arne fand einen freien Platz am Rand eines Tisches. Er vertiefte sich in die Lektüre.

Angesichts des Mangels an Material sind genauere Aussagen über das Verhältnis von Blutrache und Fehde zu den friedlichen Mitteln der Konfliktlösung kaum möglich. In den Worten des amerikanischen Anthropologen André Köbben: »One cannot pluck feathers from a frog.«[5]

Nach einer Weile schaute er auf. Der Student, der neben ihm am Tisch saß, putzte sich die Nase, betrachtete dann das Taschentuch genau, schnaubte nochmals, wischte sich mit dem Zeigefinger über die Nasenlöcher und prüfte schließlich, ob alles sauber war. Arne wendete seinen Blick schnell ab. Er schaute auf eine Glastür, die einen silbernen Schriftzug trug: »Cyberjur«.

Durch das Glas hindurch fiel sein Blick auf zwei schön geformte, schlanke Beine in dunklen Stöckelschuhen mit kleinen Paragraphenzeichen als Muster. Mehr konnte Arne nicht erkennen. Die Beine stiegen auf einer metallenen Stehleiter einem dickleibigen, mausgrau eingebundenen Buch entgegen. Arne entzifferte jetzt auch die Aufschrift auf dem voluminösen Werk. »Palandt, Bürgerliches Gesetzbuch«, las er. Die schönen Beine verharrten kurz auf einer Sprosse und stiegen dann weiter, noch höher hinauf.

Arne dachte nicht lange nach, sondern folgte einer plötzlichen Eingebung. Er stand auf und öffnete die Tür. Als er sie wieder hinter sich schloss, verstummte jedes Geräusch. Hier gab es niemanden, der sich trotz verordneter Bibliotheksruhe unterhielt. Der Raum war absolut ruhig, die Luft angenehm temperiert. Eine junge Dame im roten Kleid, zu der die schönen Beine gehörten, stieg, den grauen »Palandt« in der Hand, von der Leiter

---

[5] Wesel, Frühformen des Rechts, S. 329.

herab. Mit ihren langen, gelockten braunen Haaren, dem
freundlichen Gesicht, den roten Lippen und den wohl-
geformten Proportionen wirkte sie so attraktiv, wie es
Arne beim Blick auf ihre Beine erahnt hatte.

»Kann ich Ihnen helfen?«, fragte sie freundlich, nachdem sie ihn bemerkt hatte.

Arne roch ihr mildes, unaufdringliches Parfüm. Sein
Blick fiel auf ihr Namensschild über der linken Brust.
Britta Amundsen, las er. Er befürchtete, jetzt hinaus-
komplimentiert zu werden. »Hier bei Ihnen ist es sehr
angenehm«, schmeichelte Arne und schaute sie faszi-
niert an. »Es ist nicht so voll wie in der Bibliothek. Hier
würde ich mich wohlfühlen und könnte gut studieren.
Kann ich nicht bei Ihnen einen Platz bekommen?«

»Es freut mich, dass Sie sich bei mir wohlfühlen«, sagte
die schöne Bibliothekarin in leicht spöttischem Ton.
»Aber nicht jeder, der sich das wünscht, hat Zugang zu
meinem Reich.«

Sie hatte kaum ausgesprochen, da überlegte Arne
bereits, was er noch fragen könnte, um den Raum nicht
gleich wieder verlassen zu müssen. »Mir fällt auf«, sagte
er langsam, »dass die Luft nicht so muffig ist wie in der
Bibliothek, sondern kühl und frisch.«

»Wir halten sie konstant«, antwortete Frau Amundsen. »In den angrenzenden Räumen befinden sich nämlich empfindliche moderne Computeranlagen für die
Erforschung und Präsentation der Rechtsgeschichte.
Die benötigen eine konstant kühle Temperatur.«

Arne freute sich, dass er jetzt Anknüpfungspunkte hatte, um weitere Fragen stellen zu können. »Sie sagen, es sind
neue Geräte? Ich interessiere mich sehr für Computer.«

»Es handelt sich um ›Virtual Reality Simulatoren‹«,
erläuterte die Bibliothekarin.

»Darf ich fragen, was das für Systeme sind?«

Zu Arnes Glück war Frau Amundsen alles andere als einsilbig. »Das sind Computeranlagen einer neuen Generation«, sagte sie, und es schwang ein wenig Stolz in ihrer Stimme. »Der Benutzer des Systems trägt einen besonderen Helm und einen Datenhandschuh. Er steigt auf eine Lauffläche und wählt sich in eine Datenbank des Computers. Dieser konstruiert einen virtuellen Raum, der innen auf die Brille projiziert wird. Während der Benutzer auf der Unterlage umhergeht, hat er den Eindruck, durch einen Raum zu gehen. Er kann stehen bleiben, wo er will, mit seinem Handschuh Befehle auslösen und sich ansehen, was er möchte.«

Arne schaute sich um, aber erfreulicherweise kam niemand in den Raum, der dem Gespräch ein schnelles Ende hätte setzen können. Er spürte plötzlich, wie einsam er sich in der fremden Stadt gefühlt hatte und wie gut ihm dieses Gespräch mit der freundlichen Bibliothekarin tat. »Kann immer nur einer die Anlage nutzen?«, fragte er schnell, um den Gesprächsfaden nicht abreißen zu lassen.

Die Bibliothekarin schüttelte den Kopf. »Nein, das System können auch mehrere Personen gleichzeitig nutzen. Dafür werden ›Cam-Scanner‹ eingesetzt. Das sind, vereinfacht gesagt, Kameras, die für die Körperdarstellung sorgen.«

»Körperdarstellung?«, fragte Arne verblüfft.

»Ja, wenn man zusammen mit anderen angeschlossen ist, kann man sich gegenseitig erkennen. Die Cam-Scanner produzieren nämlich ein dreidimensionales Echtzeit-Oberflächenmuster. Sie tasten den Körper und den Gesichtsausdruck ab und zeichnen das Gesicht des Menschen, der mit im virtuellen Raum steht.«

»Soll das heißen, dass man die anderen Benutzer sehen kann?«, meinte Arne ungläubig.

»Genau.« Frau Amundsen nickte. »Sie können sein Gesicht sehen, seine Mimik, seine Bewegungen. Die Programmierer haben außerdem eine virtuelle Hilfe eingebaut. Die Anwender brauchen online Unterstützung, deshalb wurde ›Justitia‹ erschaffen, aber ohne Augenbinde. Sie soll ja nicht blind sein. Justitia schwebt neben dem Benutzer und beantwortet alle Fragen.«

»Das klingt ja fantastisch. Ich muss diesen virtuellen Simulator ausprobieren.«

»Es tut mir leid, aber man braucht eine spezielle Erlaubnis, um mit den Geräten zu arbeiten. Sie haben nicht einmal die Berechtigung, den Raum zu betreten«, widersprach Frau Amundsen milde.

Arne meinte, in ihrem Tonfall einen Ausdruck des Bedauerns heraushören zu können. »Gibt es nicht doch einen Weg?«, hakte er nach.

»Nein, ich sehe keine Möglichkeit, außer ...« Arnes Gesicht hellte sich auf. »Außer Sie haben eine Genehmigung, zum Beispiel von Professor Westhagen«, fuhr sie fort.

Enttäuscht trat Arne einen Schritt zurück. Er, ein Student im ersten Semester, würde wohl keine Befugnis bekommen.

Ein Gespräch
über Berufsperspektiven

Arne sah sich in seinem Zimmer im Studentenheim um. Der Raum war gerade groß genug, um Platz für einen Schreibtisch, einen Stuhl, ein Bücherregal, Schrank und Bett zu bieten. Er hatte bisher nur wenige persönliche Dinge mitgebracht. Im Regal verloren sich gerade einmal vier Bücher. Auf der Schreibtischplatte, welche die komplette Stirnseite des Zimmers einnahm, lag das Kollegheft mit den Notizen von der Vorlesung. Seine Handschrift war kaum wiederzuerkennen. Das zittrige Schriftbild spiegelte Arnes Zustand wider, nachdem er von Professor Westhagen so plötzlich aufgerufen worden war. Die Wand auf der rechten Seite starrte ihm leer und weiß entgegen, weil er noch kein Bild aufgehängt hatte, um dem Raum eine persönlichere Note zu geben.

Ihm war kalt. Wer hatte wohl vor ihm das Zimmer bewohnt? Wer hatte an diesem Schreibtisch gesessen? Nichts erinnerte hier an Vergangenes und Erlebtes, alles wirkte fremd. Arne fühlte sich einsam in dieser Stadt, in der ihn niemand kannte. Sollte er schon zu Bett gehen? Es war erst einundzwanzig Uhr. Zu Hause saßen die Familienmitglieder jetzt sicher beim Fernsehen oder sie unterhielten sich bei einem Bier oder einem Glas Wein, wenn ein Nachbar oder Freund gekommen war. Nein, zum Schlafen war es noch zu früh!

Er blätterte ein wenig in dem kleinen Album mit Fotos von der Familie und von Freunden, das er von zu Hause mitgebracht hatte. Sollte er noch einmal auf einen Spaziergang nach draußen gehen? Als er ans Fenster trat, sah er den Regen, der an der Scheibe herunterrann. Wie Tränen, dachte er. Wie langsam die Zeit verging. Arne sehnte sich nach einem Gespräch. Nebenan fiel eine Tür ins Schloss. Das konnte nur sein Nachbar sein, ebenfalls ein Jurastudent, wie ihm der Hausmeister erzählt hatte, als er die Schlüssel übergab. Stuhlbeine wurden geräuschvoll über den Boden gezogen, aber dann war es wieder ruhig. Offenbar hatte sich sein Nachbar gesetzt. Nun hörte Arne wieder den Regen niederprasseln, und das Gefühl von Einsamkeit und Heimweh kroch erneut in sein Herz. Nein, er konnte jetzt nicht allein bleiben! Er überlegte noch einen Augenblick, dann schlich er hinaus und zur Tür des Nachbarn. Zweimal hielt er inne, doch dann klopfte er endlich zaghaft an. Erst kam keine Reaktion, aber schließlich erklang ein helles »Herein!«. Arne öffnete vorsichtig die Tür.

Das Zimmer war genauso groß wie Arnes Raum. Es war dunkel, nur eine Schreibtischlampe und der Monitor des Computers verbreiteten ein dämmriges Licht. Der Bildschirmschoner war aktiviert. »Hipp, hipp, Jura!« lief als Schriftzug über den Bildschirm. Am Schreibtisch saß ein junger Mann mit auffallend lockigen Haaren. Er drehte sich zur Tür, um festzustellen, wer gekommen war.

»Ich bin dein Nachbar«, sagte Arne zögerlich. »Ich möchte mich gern vorstellen. Ich heiße Arne.«

Der Student stand vom Schreibtisch auf und kam auf Arne zu. Er trug eine verwaschene Jeans und ein zu groß geratenes weißes T-Shirt. »Das ist eine gute Idee, ich wäre auch bei nächster Gelegenheit vorbeigekommen. Mein Name ist Timo.« Er reichte Arne die Hand. Dieser beeilte sich, sie zu ergreifen, und hielt sie einen Augenblick länger als üblich. Vielleicht könnte er in Timo einen Studienfreund finden, hoffte er. »Setz dich doch!«, sagte Timo und zeigte auf das Bett, auf dem eine rot-blau karierte Überdecke lag. Er selbst nahm wieder auf seinem Schreibtischstuhl Platz.

Als Arne sich setzte, fiel sein Blick auf ein Regal über dem Bett, in dem einige juristische Bücher standen. »Ich studiere übrigens auch Jura.«

Wie studentische Arbeitsgruppen funktionieren

Timo grinste. »Das ist ja ein glücklicher Zufall! Dann hast du vielleicht auch Lust, in meiner Arbeitsgruppe mitzumachen?« Er schaute Arne erwartungsvoll an.

»Arbeitsgruppe?«, fragte dieser verwirrt.

»Ja, du wirst schon bald davon hören. Alle Jurastudenten suchen sich eine Arbeitsgruppe. Sie kommen regelmäßig zusammen, teilen die Rechtsgebiete untereinander auf, entwickeln Fragen, die sie sich gegenseitig stellen, und tauschen ihre Ausarbeitungen aus. Das hilft bei der schriftlichen und mündlichen Prüfung. Du brauchst dich nicht sofort entscheiden. Lass es dir durch den Kopf gehen!«

Aber Arne wollte nicht lange überlegen. »Ich mache auf jeden Fall mit«, sagte er schnell. »Danke für dein Angebot. Ich bin interessiert.«

Timo nickte erfreut. »Ich habe bereits einen Jurastudenten angerufen, der eine Notiz auf dem schwarzen Brett vor der Bibliothek angebracht hat. Er würde auch gern mitarbeiten. Kennst du vielleicht noch jemanden, der Interesse haben könnte?«

Arne dachte an seine blonde Banknachbarin. »Ja,

vielleicht. Heute habe ich in der Vorlesung von Professor Westhagen eine Kommilitonin kennengelernt. Ich könnte sie fragen.«

»Eine Studentin? Das klingt gut.« Timo schien erfreut. »Das ist besser als eine reine Männerrunde. Ist sie hübsch?« Sein Besucher schaute ihn skeptisch an. »Sag schon!«

Arne zögerte. »Ja, schön ist sie, vielleicht ein wenig zu elegant. Sie hat lange blonde Haare, ist freundlich und …« Er suchte nach den richtigen Worten. »Zuvorkommend, hilfsbereit und verständnisvoll.«

Timo schmunzelte. »Du scheinst sie ja ziemlich gut zu kennen. Wie oft hast du sie denn schon getroffen?«, fragte er spöttisch.

»Erst ein Mal, heute in der Vorlesung.«

»Du solltest sie auf jeden Fall ansprechen«, sagte Timo bestimmt. »Die Vorlesung war bei Professor Westhagen, hast du gesagt? Dann hast du sicher mitbekommen, wie er gleich am Anfang überraschend einen Studenten aufgerufen hat. Ich habe gehört, dass der gerade noch seinen Namen stammeln konnte und dann nichts mehr über die Lippen gebracht haben soll. Der sei anschließend fix und fertig gewesen und kotzend rausgelaufen.«

»Das war ich!«, gestand Arne und machte ein betretenes Gesicht.

Timo schaute halb erschrocken, halb mitleidig. »Ach je, das tut mit leid. War es tatsächlich so schlimm?«

Arne senkte den Kopf. »Es war furchtbar. Aber eins will ich mal klarstellen: Ich bin nicht kotzend rausgelaufen«, betonte er und schaute Timo schon wieder etwas selbstbewusster an. »Ich habe einfach Probleme, vor Publikum zu sprechen. Während der ersten Jahre in der Schule war es besonders schlimm. Da habe ich noch gestottert.«

»Da hat Professor Westhagen ja genau das richtige

Opfer herausgepickt«, meinte Timo und rümpfte die Nase. »Das muss wohl ein richtiges Ekel sein, dieser Professor. Erstsemestler gleich in der ersten Vorlesung so zu erschrecken! Was wird denn dort vermittelt? Der Titel klingt ja ganz vielversprechend.«

»Ich habe nicht viel mitbekommen.« Arne zog die Schultern hoch. »Als ich mich halbwegs wieder im Griff hatte, war die Vorlesung schon beendet. Es ging um das Gewaltmonopol des Staates.«

»Willst du denn wieder hingehen?«

»Ich glaube schon.«

»Ich würde mich nicht so schnell entmutigen lassen. Wie wäre es, wenn ich mitkomme? Diesen Typen würde ich mir auch gern ansehen.«

Arne nickte zustimmend. »Der Platz neben mir ist noch frei. Wenn du dich für diese Vorlesung anmeldest, kannst du ja fragen, ob du den Platz 144 bekommen kannst.«

»Das ist eine gute Idee, das werde ich machen.« Timo klappte das Jurabuch, in dem er gelesen hatte, zu. »Hast du Lust, noch mit ins ›Blaue Haus‹ zu gehen?«, fragte er dann.

»Ins ›Blaue Haus‹?«

»Ja, das ist die größte und bekannteste Studentenkneipe am Ort.« Timo schmunzelte. »Ich glaube, lieber Zimmernachbar, du musst noch viel lernen! Heute Morgen bist du bei einer Frage von Professor Westhagen gescheitert und jetzt zeigst du noch viel bedenklichere Wissenslücken.« Timo stand auf, griff nach einem Schlüsselbund und trat auf den langen Gang des Studentenheims hinaus. Arne folgte ihm.

Es hatte aufgehört zu regnen. Die Luft war jetzt mild und angenehm. Arne freute sich auf den nächtlichen Kneipenbesuch.

»Hast du heute Nachrichten gehört?«, fragte Timo, als sie am Juridicum vorbeikamen. »Eine Mutter hat im Gerichtssaal den Mörder ihres Kindes erschossen. Das ist ein starkes Stück, oder? Manche Zuschauer sollen applaudiert haben, nachdem der Täter tödlich getroffen zusammengebrochen war. Das finde ich zwar extrem, aber auf der anderen Seite kann ich die Mutter verstehen. So eine Tat schreit ja förmlich nach Vergeltung. Irgendwie bewundere ich den Mut dieser Frau.«

»Ich weiß nicht, Timo«, sagte Arne und blieb stehen. »Professor Westhagen hat mich in der Vorlesung nach dem Gewaltmonopol des Staates gefragt. Heute Morgen konnte ich die Frage ja nicht beantworten. Aber ich habe das jetzt nachgelesen: Die Strafverfolgung ist ausschließlich Sache des Staates. Das hat schon seine Bedeutung. Stelle dir nur mal vor, welche Konsequenzen es hätte, wenn jeder das Recht in die eigenen Hände nimmt und Selbstjustiz und Blutrache wieder aufleben würden.«

Die Bedeutung der Examensnoten für die Berufschancen

Das »Blaue Haus« war gut besucht. Viele Studenten drängten sich in den weitläufigen Räumlichkeiten. Timo und Arne hatten aber Glück und fanden einen kleinen Tisch im hinteren Teil der Kneipe. Die beiden Zimmernachbarn unterhielten sich angeregt. Meist ging es ums Studium.

Als der Kellner zum dritten Mal wegen der Nachbestellung der Getränke an ihren Tisch kam, hatte sich das Lokal schon merklich geleert. »Wollt ihr noch etwas trinken?«, fragte der übergewichtige Ober, der einen ungepflegten Bart trug.

Arne schüttelte den Kopf. »Nein danke, wir würden gern zahlen.«

Der Kellner setzte sich auf den freien Stuhl an ihrem Tisch. Das Hemd spannte über seinem runden Bauch. Aus seiner Tasche kramte er einen Notizblock hervor. »Habt ihr gerade mit dem Studium begonnen? Ich habe euch hier noch nie gesehen.«

Timo nickte. »Ja, wir haben in diesem Semester mit Jura angefangen.«

»Ach ja, Jura, das habe ich auch gemacht.«

»Und jobbst du hier, um dein Studium zu finanzieren?«, fragte Arne.

»Nein, ich bin bereits fertig, aber meine Noten sind zu mies. Ihr könnt mich übrigens Frank nennen. Wenn ihr häufiger kommt, werdet ihr mich hier regelmäßig treffen.« Er schrieb den Preis für die konsumierten Biere auf den Notizblock. »Ich finde keine Arbeit als Jurist. Im Examen habe ich einfach versagt. Ich habe nicht hart genug gearbeitet und da hat es nicht für mehr gereicht. So wie heute bei meinem Vorstellungsgespräch auch. Dabei war ich schon froh, überhaupt zu einem Gespräch eingeladen zu werden. Ich hatte ein gutes Gefühl, aber es ist wieder danebengegangen. Ich habe zwar versucht, das Thema Zensuren zu vermeiden und mehr mit meinen zusätzlichen Erfahrungen und durch ein entsprechendes Auftreten zu überzeugen. Aber es hat nicht funktioniert. Es läuft immer gegen dich, wenn du nicht die entsprechenden Noten hast.«

»Wir fangen gerade an, was sollen wir uns da schon wegen der Berufsaussichten beunruhigen«, meinte Timo, als Frank begann, die Beträge auf seinem Notizblock zu addieren.

Frank schaute auf und fuhr sich nervös mit der Hand durchs Haar. »Glaubt bloß nicht, ihr habt es geschafft, wenn ihr das Examen in der Tasche habt. Zu viele Juristen sind auf der Suche nach einem Job. Ihr müsst gute Zensuren haben oder Beziehungen.«

Die beiden Studenten reichten dem Kellner das Geld für die Getränke und tranken ihre Gläser aus. »Vielen Dank für deine Hinweise«, sagte Arne abschließend. Er wollte sich erheben, doch Frank legte seine Hand auf Arnes Arm.

»Das müsst ihr noch hören.« Franks Redefluss war nicht zu bremsen. »Ich saß bei dem Vorstellungsgespräch zwei Anwälten gegenüber. Einer fragte mich, welches juristische Gebiet mir besonders gelegen habe. Sie suchten einen Juristen für einen bestimmten Fachbereich und wollten auf diese Weise erfahren, ob sich das mit meinem bevorzugten Rechtsgebiet deckte. Ich sagte ›Strafrecht‹, in der Hoffnung dass sie dafür einen Anwalt einstellen wollten.«

»Ich hoffe, du wirst irgendwann Erfolg haben«, versuchte Arne zu unterbrechen. Vergeblich.

»Dann lehnte sich der andere Anwalt über den Tisch und fragte mich direkt, mit welcher Zensur ich die strafrechtliche Examensklausur abgeschlossen habe. Wenn ich denen meine Fünf gestanden hätte, hätte ich gleich meine Sachen packen können. Meine einzige Chance war, es mit einer ungenauen Antwort zu versuchen. Ich sagte, ich hätte ganz vernünftig abgeschnitten. Dann habe ich erzählt, dass ich schon während des Studiums bei einem Anwalt strafrechtliche Fälle bearbeitet hätte. Ich hoffte schon, mein Ablenkungsmanöver sei erfolgreich gewesen. Aber plötzlich beugte sich der Anwalt noch weiter über den Tisch und beharrte auf seiner Frage. Ich fühlte mich, als ob mich eine Kugel durchbohren würde.«

Timo und Arne waren aufgestanden und bewegten

sich auf den Ausgang zu. Frank folgte ihnen. »Vielen Dank, dass du uns über die Bedeutung der Examensnoten aufgeklärt hast. Wir werden es beherzigen.«

»Ich wollte diesem dicken, arroganten Anwalt nicht die Genugtuung gönnen, von meinem schlechten Abschluss zu erfahren. Ich spürte, dass er mich nicht leiden konnte. So habe ich behauptet, ich könne mich nicht erinnern. Ich hoffe, das wird ihn noch eine Weile beschäftigen. Er kann nicht sicher sein, ob er nicht doch jemanden mit sehr guten Qualifikationen im Strafrecht hat laufen lassen.« Arne und Timo hatten mittlerweile die Tür erreicht. »Denkt an meine Worte!«, rief Frank ihnen nach. »Passt auf, dass ihr nicht auch vor verschlossenen Türen steht! Studiert, so viel ihr nur könnt, das ist das Wichtigste. Wenn ihr Fragen habt, sprecht mich an. Lasst euch auf keinen Fall mit Mädchen ein und haltet euch auch nicht mit Politik auf, das lenkt alles nur ab und bringt euch in Schwierigkeiten …«

Endlich schloss sich die Tür hinter Arne und Timo und der Wortschwall verstummte. »Das ist ja ein Verrückter!«, stellte Timo fest und unterstrich seine Meinung, indem er sich zweimal mit der Hand vor dem Gesicht hin und her wischte.

»Wo ich herkomme, glaubt man, dass Verrückte einen besonderen Blick für die Zukunft haben«, erwiderte Arne ernst.

»Mal was anderes«, wechselte Timo das Thema. »Hast du dir schon Gedanken gemacht, was du später mit deiner juristischen Ausbildung machen willst?«

Arne schüttelte den Kopf. »Nein, so weit habe ich noch nicht geplant. Ich weiß es nicht. Und du?«

»Ich möchte etwas Sinnvolles tun! Ich will mein Wissen einsetzen, um Menschen, die zu kurz gekommen sind, zu helfen. Als Wirtschaftsanwalt die Interessen

von großen Firmen auf Biegen und Brechen durchzusetzen wäre jedenfalls nicht mein Fall. Hast du Überzeugungen, für die du dich engagieren willst?«

Arne zögerte mit seiner Antwort. »Ich bin mir nicht
sicher, wofür ich stehe. Ich bin in einer Beamtenfamilie
groß geworden. Da habe ich eher gelernt, meine Pflicht
zu tun.«

Der Virtual-Reality-Simulator

Der Weg zurück ins Studentenheim führte Arne und Timo wieder am Juridicum vorbei. Der gesamte Gebäudekomplex lag im Dunkeln, nur über dem Nebeneingang zur Bibliothek brannte ein Licht.

Timo blieb stehen. Er legte die rechte Hand an die Stirn und machte ein bedeutungsvolles Gesicht. »Spürst du das auch? Dieses Gebäude atmet den Geist von Justitia«, deklamierte er. »Aber Justitia ist mir noch nicht vertraut. Sie zieht mich nicht in ihren Bann, wenn ich mich ihr nähere.«

Arne schaute Timo skeptisch an. Ob das der Alkohol war? Plötzlich zog ein Fenster im Souterrain, etwa fünf Meter rechts von der Tür zur Bibliothek, Timos Aufmerksamkeit auf sich. Es war halb geöffnet. Er machte ein paar Schritte in dessen Richtung und kniete sich in den Kies. Das Fenster ließ sich ganz leicht aufdrücken. Timo kletterte kurz entschlossen hindurch.

»Was machst du denn da? Bist du verrückt?«, rief Arne erschrocken.

»Ich habe ein Rendezvous mit Justitia, meiner kühlen Freundin«, kam es gedämpft aus dem Gebäude.

»Wir sollen doch nichts mit Mädchen anfangen, hat Frank gesagt«, murmelte Arne vor sich hin. Er zögerte, schaute sich noch einmal um und zwängte sich dann ebenfalls durch die Öffnung.

»Du hast nicht zufällig eine Taschenlampe bei dir?«, fragte Timo, als sein Kommilitone wieder Boden unter den Füßen hatte.

Arne kramte in seiner Tasche. »Doch hier, einen kleinen Laserpointer an meinem Schlüsselbund.«

Der Lichtkegel wanderte an den Wänden entlang.
Die beiden befanden sich in einem etwa zehn mal zwölf
Meter großen, weiß gestrichenen Raum. Sie erkannten
die Umrisse von vier kleinen Trampolinen in der Mitte des Raumes. Darüber hingen vier silbern glänzende
Helme und an der Längsseite standen mehrere Computer. »Was ist denn das? Soll das etwa ein Fitnessraum
sein?«, wunderte sich Timo.

Plötzlich erinnerte sich Arne an das Gespräch mit
der schönen Bibliothekarin und ihm wurde klar, wo sie
hier waren. »Das ist ein ›Virtual-Reality-Simulator‹.«
Er zeigte auf eine dicke, silbern beschichtete Brille
an der Decke und den daneben hängenden schwarzen
Handschuh. »Schau hier, Timo! Der Benutzer trägt
diesen Helm und einen Datenhandschuh. Wenn er auf
der Lauffläche steht, wählt er sich in eine Datenbank
des Computers. Der konstruiert ein virtuelles Bild, das
innen auf die Brille projiziert wird. Während der Benutzer auf der Unterlage umhergeht, hat er den Eindruck,
durch einen Raum zu gehen.«

Timo folgte der Erklärung mit offenem Mund. »Und
woher willst du das alles wissen, Herr Kommissar?«,
fragte er mit spöttischem Unterton.

»Ich war heute in der Bibliothek, da gibt es eine Tür,
auf der steht ›Cyberjur‹. Die Bibliothekarin dort war so
freundlich, mich darüber aufzuklären. Sie wollte mich
aber nicht ohne eine offizielle Erlaubnis in diesen Raum
lassen.«

»Komm, lass uns den Apparat testen!«, schlug Timo
begeistert vor.

»Bist du verrückt? Wir wissen doch gar nicht, wie das
Ding funktioniert.«

»Dann probieren wir es eben aus.«

»Und was ist, wenn wir entdeckt werden?«

»Mach dir keine Sorgen! Es sind doch noch ein paar Stunden, bis deine Bibliothekarin hier auftaucht.« Entschlossen, sich nicht aufhalten zu lassen, stieg Timo auf eine der Laufflächen. Er bewegte langsam die Beine, um ein Gefühl für den Untergrund zu bekommen. Er war fester als bei einem Trampolin. »Schalte jetzt diesen ›Virtual Reality Computer‹ ein!«, forderte er Arne auf.

»Meinst du wirklich?«

»Komm, jetzt hab dich nicht so!«

Arne drückte den Power-Knopf des Servers und die Anlage fuhr die Programme hoch. Ein paar Sekunden, nachdem er auch die Cam-Scanner eingeschaltet hatte, blitzten sie auf. Er stieg auf die Lauffläche direkt neben Timo. Die beiden Studenten zogen die Helme von der Decke und setzten sie auf. Sie schauten in zwei kleine Bildschirme, die direkt vor ihren Augen Bilder erzeugten.

Zunächst sahen sie eine große blaue Leinwand, ähnlich einer Kinoleinwand. Darunter waren zwei viereckige Felder. Auf dem einen stand »Ein« und auf dem anderen »Aus«. Arne drehte seinen Kopf nach links und erkannte Timo neben sich. Er sah völlig normal aus. Dann setzte Timo vorsichtig einen Fuß vor den anderen. Arne folgte ihm. Der blaue Bildschirm wurde immer größer, bis er schließlich das gesamte Blickfeld ausfüllte.

Beide waren jetzt auf gleicher Höhe. Sie nickten sich zu. Timo ging noch einen Schritt weiter und drückte auf die »Ein«-Taste. Der blaue Bildschirm leuchtete hell auf. In riesigen Buchstaben erschien der Schriftzug *Cyberjur*. Darunter befanden sich Menüfelder, die mit überdimensionierten Buchstaben gekennzeichnet waren.

Timo zeigte mit seinem Datenhandschuh auf das Menüfeld »Bibliothek«. Wie in einem Wirbel verschwand das Eingangsbild und die beiden Studenten standen in einem großen Saal. Langsam baute sich das Bild auf: Regale und Säulen entstanden vor ihren Augen. Es sah aus wie in einer alten Bibliothek. Arne und Timo gingen durch die langen Gänge mit den hohen Regalen. Plötzlich registrierten die beiden, dass sogar ihre Schritte auf dem alten Parkettfußboden zu hören waren. Die Korridore, die sie durchschritten, waren menschenleer. Dann erreichten sie eine Wegkreuzung, von der andere Gänge abzweigten. Über ihnen hingen große Schilder: Bürgerliches Recht, Handelsrecht, Strafrecht, Verwaltungsrecht, Rechtsgeschichte. Die beiden waren sich einig und gingen in den mit Rechtsgeschichte überschriebenen Gang. »Wollen wir nach Material zum Thema Selbstjustiz suchen?«, fragte Arne seinen Begleiter.

»Gute Idee«, antwortete Timo. »Wie aber machen wir das? Wer kann uns helfen?«

»Wer braucht Hilfe? Hier ist Hilfe«, kam plötzlich eine wohlklingende Stimme aus der Nähe. Timo schaute irritiert nach oben. Das weibliche Wesen, das heranschwebte, trug Waage und Schwert in den Händen. Es war Justitia, von der Frau Amundsen, die Bibliothekarin, gesprochen hatte.

»Justitia?«, sprach Arne sie an. »Wir wollen uns mit dem Thema Selbstjustiz beschäftigen. Kannst du uns helfen?«

»Natürlich. Auf welches Material soll zurückgegriffen werden, Druckerzeugnisse, Audio, Film oder virtuelle Szenen?«

»Lass uns den letzten Punkt wählen«, schlug Arne vor.
»Also virtuelle Szenen. Jetzt kann die Suche beginnen.«
»Wie soll das gehen?«

»Ihr bekommt eine Tastatur. Macht eine Hand zur Faust!«

Timo ballte seine Hand und sofort formte sich aus dem Nichts eine graue Tastatur. Er zog sie zu sich heran und tippte ein: Selbstjustiz. Auf dem Bildschirm erschien die Anzeige: 250 Einträge.

»Das ist zu viel!«, meinte Arne. »Da sind wir ja in drei Wochen noch hier.«

Timo gab daraufhin zusätzlich ein: ca. 600 n. Chr., Fehde, Blutrache. Nun erschien die Angabe: 5 Einträge.

»Wie lautet der erste Eintrag?«, fragte Arne.

»Wollt ihr ihn sehen?«

»Natürlich«, sagten Arne und Timo wie aus einem Mund.

»Die Fehde des Sichar, Weihnachten 585«, erschien als Schriftzug vor ihren Augen.[6] Die zwei Studenten zeigten mit ihren behandschuhten Händen darauf.

---

[6] Erzählt nach Schilderungen aus: Gregor von Tours, Zehn Bücher Geschichten, Buch VII Kapitel 47, Buch IX Kapitel 19.

Die Fehde des Sichar

In einem Gasthof in Manthelan, Frankreich

Arne und Timo stehen auf dem Marktplatz eines kleinen Dorfes. Sie beobachten einen Mann mit stattlicher Figur, der auf einen Gasthof zugeht. Die zwei folgen ihm. Sie müssen ihren Kopf tief einziehen, um durch die niedrige Tür in den Schankraum zu gelangen. Als Arne in dem Dämmerlicht einige Gäste erkennt, setzt er zu einem Gruß an: »Guten Ab…!« Er spricht den Satz aber nicht zu Ende, als er sieht, wie Timo schmunzelnd den Kopf schüttelt. Der Blick der beiden fällt auf eine laut grölende Gruppe von fünf Männern an einem Tisch in der Nähe der Tür.

Der dunkelhaarige Wirt hinter der Theke begrüßt erfreut den neuen Gast, der den Schankraum betreten hat. »Sei mir gegrüßt, Sichar! Wie schön, dich wieder einmal bei uns in Manthelan zu sehen. Bist du auf der Durchreise?«

»Ja, ich will nach Tours, um auf dem Markt meine Waren zu verkaufen.«

»Brauchst du noch ein Quartier? Du weißt, du bist mir jederzeit als Gast willkommen.«

Sichar winkt ab. »Vielen Dank für dein Angebot, aber der Priester, mein Freund, hat mich und meine fünf Begleiter eingeladen, in seinem Haus zu übernachten.«

»Schade, ich würde dich gern beherbergen, viel lieber als diese Truppe dort.« Der Wirt blickt mit sorgenvoller Miene auf die Gruppe der lärmenden Männer. Sie haben offensichtlich schon kräftig dem Alkohol zugesprochen. Im Augenblick prosten sie sich lautstark zu.

»Wer sind diese Männer?«, fragt Sichar, während er die Gruppe näher betrachtet.

»Das ist der Bauer Austregisil mit seinen Anhängern. Wenn sie zu viel Alkohol getrunken haben, suchen sie Streit. Ich hoffe, es gibt keine Probleme«, sagt der Wirt besorgt.

In diesem Moment öffnet sich die Tür zum Gastraum und ein dunkel gekleideter Mann tritt ein. Er blickt kurz zum Wirt und zu Sichar hinüber und grüßt mit einem Kopfnicken, dann geht er auf den Tisch mit den Männern zu. Der neue Gast geduldet sich höflich zurückhaltend, bis er endlich die Aufmerksamkeit der Gruppe bekommt. »Was willst du?«, fährt ihn der Anführer Austregisil barsch an, als er den Mann bemerkt.

»Sehr geehrte Herren, morgen feiern wir das Weihnachtsfest«, spricht der Neuankömmling mit leiser, ehrerbietiger Stimme, die im krassen Gegensatz zu dem ungehobelten Benehmen der Angesprochenen steht.

»Ja und?«, schnauzt ihn Austregisil an.

Der Mann tritt einen kleinen Schritt zurück, aber er versucht, sich nicht beirren zu lassen. »Der Priester, mein Herr, bittet Euch, an der Weihnachtsmesse teilzunehmen«, sagt er und macht eine einladende Handbewegung. »Anschließend lädt er Euch zu einem bescheidenen weihnachtlichen Essen ein. Dieser Herr dort«, dabei zeigt er auf Sichar, »und weitere Einwohner des Dorfes werden ebenfalls anwesend sein. Darf ich dem Priester eine zustimmende Antwort übermitteln?«

Austregisil erschlägt den Diener des Priesters

Der Blick des Anführers Austregisil verfinstert sich. Es liegt etwas Brutales in seinem Gesichtsausdruck. »Gar nichts darfst du«, herrscht er den Diener lallend an. »Was wagst du mich anzusprechen, du Büttel? Weißt du überhaupt, wer ich bin?«, schreit er und richtet sich schwankend auf. »Ich habe nichts zu schaffen mit dem Pfaffengesindel und ihrem Weihnachtsgesülze.«

Austregisil zieht sein Schwert und schwingt es unkontrolliert vor dem Diener, der erschrocken zurückweicht. Plötzlich schlägt er mit der flachen Seite der Klinge auf ihn ein. Bevor noch jemand eingreifen kann, wird der Mann von einem der Schläge unglücklich getroffen und fällt zu Boden. Erschreckend schnell breitet sich eine Blutlache auf dem Holzboden aus. »Verdammt, hier stinkt es«, flucht Austregisil und wendet sich seinen Männern zu. »Wir gehen!«, befiehlt er kalt und ignoriert den verletzten Diener. Die Gruppe bricht lärmend auf. Halb geleerte Gläser fallen zu Boden.

Als die Männer die Tür erreichen, greift Sichar zu seinem Schwert. Aber er zieht seine Hand wieder zurück. Gegen diese Übermacht wird er nichts ausrichten können. Unmittelbar nachdem die Gruppe den Schankraum verlassen hat, eilt der Wirt dem Verletzten zu Hilfe. Er geht auf die Knie und untersucht ihn. Nach einer kurzen Weile richtet er sich wieder auf. Sein Gesicht ist weiß wie ein Betttuch. »Der Diener des Priesters ist tot«, sagt er mit schwerer Stimme.

»Nein, nein!«, ruft Sichar erschüttert und bedeckt entsetzt sein Gesicht mit beiden Händen. Langsam geht er auf den Toten zu, beugt sich hinunter und schließt ihm die Augen. »Ich werde dem Priester die traurige Nachricht überbringen«, sagt er, während er die Tür öffnet. »Das schwöre ich hier hoch und heilig: Diese Tat wird nicht ungesühnt bleiben. Ich werde Austregisil mit meinen Dienern verfolgen und ihn stellen. Leb wohl! Wenn wir uns wiedersehen, wird er seine gerechte Strafe bekommen haben«, verspricht Sichar zum Abschied und eilt davon.

Kurze Zeit, nachdem Sichar den Raum verlassen hat, wird die Tür zum Gastraum aufgerissen und Austregisil stürzt erneut herein. »Schafft den Diener weg!«, befiehlt er dem Wirt, während er einige Münzen auf den Tresen wirft.

»Dein Blutgeld kannst du behalten«, entgegnet dieser erzürnt. Er nimmt das Geld und wirft es auf die Straße. »Sichar ist dir auf den Fersen. Du wirst für deine Untat büßen.«

»Pass auf, was du sagst, Alter!«, brüllt ihn Austregisil an und wirft die Tür beim Hinausgehen laut ins Schloss.

Timo und Arne verlassen den Ort des schrecklichen Geschehens. Draußen erkennen sie in der Ferne Sichar, der auf dem Weg zum Priester ist. Sie folgen ihm und werden Zeuge, wie er die schreckliche Nachricht vom Tod des Dieners überbringt.

»Austregisil wird nicht ungestraft bleiben, das versichere ich Euch«, verspricht Sichar dem entsetzten Freund und greift nach dessen zitternden Händen. Erschüttert fällt der Geistliche auf die Knie und betet laut.

Austregisil überfällt Sichar und seine Begleiter

Bewegt blickt Arne zu Timo hinüber. Durch eine energische Bewegung mit dem Kopf lenkt dieser Arnes Aufmerksamkeit auf ein Fenster, das sich hinter dem Priester befindet. Sogleich wendet Arne den Blick wieder ab, als wenn er durch Wegschauen verhindern könnte, was sich jetzt anzubahnen scheint. Durch das Fenster ist Austregisil mit seiner Bande zu sehen. Sie reiten auf das Haus zu. Die leichtsinnige Ankündigung von Sichars Vergeltungsplänen durch den Wirt hat ihn anscheinend veranlasst, im Angriff seinen Vorteil zu suchen, noch bevor sich Sichar auf die Verfolgung vorbereiten kann.

Einen Begleiter Sichars, der sich vor dem Haus aufhält, erschlagen die Männer brutal. Der Lärm hat die Menschen im Haus aufmerksam gemacht. Sichar und drei seiner Diener stürzen mit Schwertern bewaffnet dem Feind entgegen. Ein erbitterter Kampf entbrennt. Sichars Partei ist der Übermacht nicht gewachsen. Sie zieht sich kämpfend mehr und mehr zurück. Hinter einer Tür verschanzen sich Sichar, seine verwundeten Diener und der Priester. Nicht lange hält die Tür dem Ansturm der Angreifer stand. Die Bande fällt über die erschöpften und verwundeten Getreuen her. Einer nach dem anderen wird getötet. Sichar flieht im letzten Augenblick durch eines der Fenster.

»Priester, halt dich still, sonst kannst du dein letztes Gebet sprechen«, droht Austregisil dem Geistlichen, dann stürzt sich die Bande auf das Gold und Silber von Sichar und die vielen Wertgegenstände, die er mit auf den Markt nehmen wollte. Alles wird geraubt und aus dem Haus geschafft. Stille breitet sich aus.

Sichar übt Vergeltung

In die Stille hinein erklärt die heranschwebende Justitia: *»Hier sieht man Sichar mit seinem Bruder Audin. Sie überlegen gemeinsam, was getan werden kann.«*

»Ich könnte vor dem Grafschaftsgericht Klage gegen Austregisil erheben«, überlegt Sichar.

»Davon versprichst du dir noch nicht wirklich etwas, oder?«, fragt Audin zweifelnd und schüttelt bedächtig den Kopf.

»Mein Bruder, mir fehlen nach dieser Tat die Mittel und die Männer, um es mit diesem Schurken aufnehmen zu können. Ich werde mich leider gedulden und auf den Tag der Rache warten müssen.«

Voller Wut wirft Audin sein Schwert auf den Tisch. »Sichar, das verspreche ich dir als dein Bruder und Freund: Was dir Austregisil angetan hat, wird nicht ungesühnt bleiben. Diese Tat schreit nach sofortiger Vergeltung. Ich werde dich unterstützen!« Audin greift nach der Hand seines Bruders. »Wie ich gehört habe, hat er dein Gold und Silber auf dem Hof seines Freundes Auno, etwa drei Reitstunden von hier, versteckt. Auno lebt dort mit seinem Sohn und seinem Bruder Eberulf. Wir sollten sie überfallen, das Geraubte zurückholen und gegenüber Austregisil Vergeltung üben. Meine drei Knechte werden mitkommen. Zusammen sind wir fünf. Der Überraschungseffekt wird uns zu Hilfe kommen.«

»Danke, Audin, du bist ein Bruder, auf den man sich verlassen kann«, antwortet Sichar und umarmt ihn gerührt. »Also abgemacht, lass uns in drei Tagen losreiten.«

Timo und Arne beobachten die fünf Männer, die sich zum verabredeten Zeitpunkt auf den Weg machen. Am frühen Morgen überfallen sie das Gehöft von Auno, dem Freund Austregisils. Die arglosen Knechte werden erschlagen, ohne dass sie die Möglichkeit haben, Gegenwehr zu leisten. Auno, seinen Sohn und seinen Bruder Eberulf finden sie schlaftrunken in einer Kammer hinter der Feuerstelle. Die drei Männer haben keine Chance, sich zu wehren. Sie werden überwältigt und ge-

tötet. Austregisil wacht von dem Lärm auf und trifft auf
Sichar. Mit einem gewaltigen Schwerthieb spaltet Sichar
ihm den Kopf. In kürzester Zeit haben die Angreifer acht
Menschen erschlagen. Jetzt ist niemand mehr da, um
Gegenwehr zu leisten. Sichar und seine Männer nehmen
mit, was von Wert ist. Es wird Abend und Dunkelheit
legt sich über den Ort.

Versöhnungsversuch und Friedensschluss

»Hat die Fehde damit ihr schreckliches Ende gefunden?«, fragt Timo und schaut sich nach Justitia um.

*»Nein, ein weiterer Sohn von Auno, Chramnesind
heißt er, lebt noch. Er sinnt auf Rache. In den Quellen
heißt es dazu: ›Als der Bischof von Tours von der Fehde
hörte, wurde er sehr darüber betrübt. Er verband sich
mit dem Richter des Ortes und schickte Botschaft an die
Beteiligten, sie möchten erscheinen, ihre Sache austragen und in Frieden auseinandergehen, damit der Hader
nicht noch weiter um sich greife.‹«*

Der Bischof Gregor von Tours sitzt, in einen roten Um-
hang gekleidet, erhöht an einem Tisch an der Stirnseite
des Raumes. Zu seiner Linken hat Chramnesind auf einer Bank Platz genommen. Sichar sitzt auf der rechten
Seite. Der Raum ist dicht gefüllt mit Bewaffneten, die
verhindern sollen, dass es bei dem Versöhnungsversuch
zu Gewaltausbrüchen kommt. Die Gegner meiden jeglichen Blickkontakt.

»Ich heiße Euch willkommen, Chramnesind und
Sichar«, grüßt der Bischof und blickt die Männer
ernst an. »Eure Fehde hat viel Leid über die Menschen
gebracht. Lasst ab, Ihr Männer, von weiteren Freveln,
damit dieses Übel nicht noch weiter um sich greift. Wir

haben schon genug Söhne unserer Kirche in diesem Streit verloren und sorgen uns, dass wir noch weitere einbüßen könnten. Ich bitte Euch inständig, verhaltet Euch also friedfertig, und wer Unrecht getan hat, zahle um der Liebe willen die Buße, auf dass ihr Kinder des Friedens seid, würdig, durch die Gnade des Herrn Gottes Reich zu empfangen. Denn Er spricht: ›Selig sind die Friedfertigen, denn sie werden Gottes Kinder heißen.‹ Und wenn der, dem die Schuld zugesprochen wird, zu wenig besitzen sollte, so soll er mit dem Silber der Kirche ausgelöst werden; nur soll der Mann das Leben nicht verlieren.«

Chramnesind hält es nicht mehr auf seinem Platz. Mit hochrotem Kopf springt er auf und redet laut und erregt auf den Bischof ein. »Bischof Gregor von Tours, ich bin der Einzige aus unserer Familie, der nach Sichars Überfall auf den Hof meines Vaters Auno noch lebt. Und das auch nur, weil ich zufällig abwesend war. Sichar hat meine unschuldigen Verwandten und unsere Diener getötet. Ich werde sie rächen.«

»Ich bitte Euch von ganzem Herzen, Ihr müsst Euren Streit vor einem Gericht austragen«, dringt Gregor auf Chramnesind ein. »Ich bin auch bereit, derjenigen Partei, die das Wergeld entrichten muss, mit dem Geld der Kirche auszuhelfen. Nur, Ihr müsst Eure Fehde beenden. Sie wird sich sonst immer weiter fortsetzen und noch Euren Nachfahren und vielen Unschuldigen Tod und Elend bringen.«

Chramnesind schüttelt energisch den Kopf. »Ich werde mir mein Recht auf Rache nicht abkaufen lassen«, schreit er laut und stürzt zornentbrannt hinaus.

Aus der Ferne ist Justitias Stimme zu hören: »*Kurze Zeit später machten sich Chramnesind und seine Gefolgsleute auf den Weg zu Sichars Gehöft. Das Haus wurde überfallen und ausgeplündert, die Knechte wurden erschlagen. Dann setzte er alle Gebäude in Brand, sowohl die des Sichar als die der anderen, die an dem Hof Anteil hatten, und nahm die Herden und alles, was fortzubringen war, mit sich.«*

Arne und Timo betreten einen spärlich möblierten Raum. Auf der linken Seite hinter einem schweren Eichentisch geht Chramnesind unruhig auf und ab. Zu ihrer Überraschung erkennen die beiden Studenten auf der gegenüberliegenden Seite hinter einem gleich großen Tisch Sichar, der auf einem Stuhl sitzt und einen geschwächten, hinfälligen Eindruck macht.

»Er hat den Überfall überlebt«, flüstert Arne Timo zu.

In diesem Augenblick stößt ein Diener mit einem Stock dreimal auf den Boden. »Erheben Sie sich, der Graf wird nun Recht sprechen.« Chramnesind beendet seinen rastlosen Gang, Sichar erhebt sich mühsam, dabei stützt er sich schwer auf einen Stock. Nach der Ankündigung des Dieners betritt der Graf den Raum und stellt sich hinter den Tisch für den Richter, der sich an der Schmalseite des Zimmers befindet.

»So lautet mein Schiedsspruch: Chramnesind, du verlierst wegen der von dir geübten Selbsthilfe die Hälfte der dir gegen Sichar zustehenden Bußansprüche«, verkündet der Graf mit fester Stimme. »Die verbleibende Hälfte hast du zu zahlen«, sagt er, zu Sichar gewendet.

»Wie soll ich das bewerkstelligen?«, fragt dieser resigniert.

»Du hast Glück, Sichar! Bischof Gregor hat zugesagt, dass die Kirche dich bei der Bußgeldzahlung unterstützen wird.« Der Graf schaut die beiden Parteien nacheinander an. »Erhebt euch nun, um die Urfehde zu schwören.«

Chramnesind und Sichar gehen zögernd aufeinander zu. Sie umarmen sich steif. Dann sprechen sie nacheinander: »Hiermit schwören wir, dass wir den Frieden einhalten und nicht gegeneinander Hand erheben werden.« Sie umarmen sich ein weiteres Mal und tauschen den Friedenskuss aus.

Die Fehde lebt wieder auf

Arne und Timo trauen ihren Augen nicht, als sie Sichar und Chramnesind das nächste Mal zusammen sehen. Die beiden haben anscheinend Freundschaft geschlossen. Sie sitzen zusammen und sprechen dem Alkohol zu.

»Schön, dass wir uns in den vergangenen Jahren nach dem Streit näher gekommen sind«, sagt Sichar und hebt dabei sein Glas. »Wir wären niemals so schnell wieder auf die Füße gekommen, wenn wir nicht zusammengearbeitet hätten.« Die Worte kommen ihm nur schwer über die Lippen. Er versucht, das Glas von Chramnesind nachzufüllen und verschüttet dabei die Hälfte auf dem Tisch. »Großen Dank, mein Freund, habe ich von dir verdient dafür, dass ich deine Verwandten erschlagen habe«, lallt er, während er an die Seite seines Trinkkumpans rückt und ihm den Arm um die Schulter legt. »Du hast das Wergeld für sie empfangen, und nun ist in deinem Hause Gold und Silber die Fülle; arm aber und dürftig würdest du jetzt leben, hätte dich dies nicht wieder zu Kräften gebracht. Zum Wohl!«

Chramnesind erstarrt. Dann befreit er sich abrupt aus der Umarmung und springt mit einem Satz auf. Ohne zu zögern, löscht er die Lichter, greift zu seinem Schwert und sticht mehrfach auf Sichar ein. Der stößt noch einen schwachen Schrei aus, dann sinkt er nieder und stirbt. Schwankend steht Chramnesind vor dem Toten und schwingt sein blutiges Schwert. »Wenn ich den Tod meiner Verwandten nicht räche, so verdiene ich nicht ferner, ein Mann zu heißen«, spricht er lallend zu dem blutüberströmten Leichnam. »Ein schwaches Weib müsste man mich dann nennen.«

Diener, die durch den Lärm aufgeschreckt wurden, kommen gelaufen. Laut schreiend und in wilder Panik entfliehen sie, als sie die blutige Szene sehen. Chramnesind reißt dem Leichnam die Kleider vom Leib und hängt ihn nackt an den Pfahl einer Zaunhecke, dann besteigt er Sichars Pferd und galoppiert davon.

Betroffen sehen Arne und Timo einen kleinen Jungen, Sichars Enkel, voller Entsetzen ins Haus laufen.

Es wird ganz dunkel. Plötzlich erkennen die beiden rechts oben in ihrem Gesichtsfeld das Zeichen »Cyberjur«. Sie zeigen mit ihren Datenhandschuhen darauf, und vor ihnen öffnet sich die rechtsgeschichtliche Abteilung der Bibliothek. »Sind wir jetzt wieder in der realen Welt?«, fragt Arne unsicher.

»Was ist schon die reale Welt?«, antwortet Timo. »Wir müssen zurück zum Ausgang.« Da sehen sie bereits das Schild. Als sie ihn durchschreiten, erscheint wieder die blaue Leinwand vor ihnen.

Erkenntnisse über die Auswirkungen einer Fehde

Arne und Timo legten Helm und Handschuhe ab. Vorsichtig stiegen sie von den Laufflächen herunter. »Das ist ja schrecklich, was diese Menschen durchmachen mussten«, meinte Timo und fuhr sich mit den Händen durchs Haar. »Hast du gesehen, wie viele unschuldige Opfer es gab? Diese Grausamkeit ist unglaublich.«

»Es war alles so real, so unmittelbar und wirklich«, sagte Arne, der ganz blass aussah und noch etwas steif auf dem harten Untergrund zu gehen versuchte. »Sichar war zwar auf der einen Seite Opfer, denn es ist ihm schweres Unrecht geschehen, aber zugleich war er auch Täter. Er kann doch nicht ohne jedes Maß nicht nur Austregisil, sondern auch Angehörige, Freunde und Knechte von dessen Sippe mit seinen Vergeltungsmaßnahmen überziehen«, entrüstete er sich. »Das hat doch nichts mehr mit Gerechtigkeit zu tun.«

»Das sehe ich auch so«, stimmte Timo nickend zu. »Eines habe ich bei dieser Geschichte gelernt: Eine Fehde kann sich zum Schaden auch vieler Unschuldiger oder sogar Unbeteiligter über Jahre hinweg immer weiter fortsetzen. Kannst du dich noch an die letzte Szene erinnern, nachdem Sichar getötet wurde?« Arne schaute Timo fragend an. »Der kleine Enkel von Sichar lief entsetzt ins Haus.«

»Ja, das hat mich auch besonders gerührt«, sagte Arne.

»Ich meine noch etwas anderes«, erwiderte Timo. »Ist es nicht denkbar, dass dieser Nachkomme, einmal groß geworden, nach Jahren der Ruhe die Fehde gegenüber der Familie von Chramnesind wieder weiterführen wird?«

»Du könntest recht haben«, stimmte Arne zu.

»Ehrlich gesagt sehe ich die Selbstjustiz dieser Mutter, die den Mörder ihres Kindes umgebracht hat, jetzt mit ganz anderen Augen«, ergänzte Timo und drückte auf den Power-Schalter des Computers.

Langsam fuhr die Anlage herunter. »Wie spät ist es eigentlich?«, fragte Arne plötzlich nervös.

Timo schaute auf seine Armbanduhr. »Fünf Uhr dreißig.«

»Dann lass uns mal sehen, dass wir hier verschwin

den, bevor die ersten Mitarbeiter der Bibliothek auf-
tauchen!« Arne bewegte sich eilig auf das Fenster zu,
durch das sie eingedrungen waren. »Wenn wir erwischt
werden, bekommen wir richtig Probleme.«

»Und vor allen Dingen ist es dann vorbei mit einer
Reise ins Cyberjur. Wir wollen doch wiederkommen,
oder?«

Arne ließ die Frage unbeantwortet. Die beiden Studenten schoben einen Hocker unter das Fenster, klet-
terten hindurch und duckten sich hinter die Sträucher.
Als sie sicher waren, dass sie nicht beobachtet wurden,
richteten sie sich auf und machten sich auf den Heimweg.

Die erste Sitzung der Arbeitsgruppe

Arne und Timo warteten bereits in dem Studierzimmer des Studentenwohnheims, als ein kräftig gebauter junger Mann mit breiten Schultern den Raum betrat. Arne schaute ihn skeptisch an, weil er nicht wie ein normaler Student gekleidet war. Er trug ein graues Sakko und ein weißes Hemd mit Manschettenknöpfen. In der linken Hand hielt er einen schwarzen Attachékoffer. »Mein Name ist Justus Libor«, sagte er und gab Arne und Timo zur Begrüßung die Hand. »Und wie heißen Sie?«

»Ich bin Timo Nettelroth, wir haben miteinander telefoniert, und das ist Arne Glose. Aber wollen wir uns nicht duzen?«, schlug Timo vor. Justus schwieg und die beiden anderen werteten das als Einverständnis. Arne musterte Justus mit schnellem Blick. Mit seiner Aufmachung hätte man ihn bereits für einen Anwalt halten können, dachte er.

In diesem Augenblick stürmte Arnes Banknachbarin in den Raum. »Guten Tag, ich bin Timea Kelly, ich bin doch hoffentlich nicht zu spät?«, fragte sie etwas außer Atem. Sie schaute Arne an.

»Nein, keine Sorge, wir stellen uns gerade vor.«

»Da bin ich aber erleichtert.«

Nachdem sie sich bekannt gemacht hatten, setzten sich die vier Studenten an den großen ovalen Tisch in der Mitte des Studierzimmers. Einen Augenblick lang war es still. Timea suchte Arnes Blick. »Vielen Dank, dass ihr mich eingeladen habt, an eurer Arbeitsgruppe teilzunehmen«, sagte sie. »Aber ich muss bekennen, ich weiß gar nicht, wie so eine Arbeitsgruppe abläuft.«

Die Arbeitsweise wird abgesprochen

»Vielleicht sollte ich beginnen, weil ich ja die Initiative ergriffen habe«, sagte Timo. »Das ist der Plan: Wir treffen uns regelmäßig, um den juristischen Stoff zu erarbeiten. Ich würde vorschlagen, dass abwechselnd einer von uns die Sitzungen vorbereitet. Wir beschäftigen uns mit den Themen, die in den Vorlesungen behandelt werden. Der jeweilige Leiter der Sitzung stellt Fragen zu den entsprechenden Sachgebieten zusammen, die die anderen beantworten müssen.«

»Das klingt gut«, meinte Timea.

»Wir sollten uns ein- bis zweimal in der Woche treffen«, ergänzte Timo. Er holte einen kleinen Taschenkalender hervor.

»Ich sehe für mich nur dann einen Vorteil, wenn wir alle diszipliniert durchhalten«, warf Justus ein und betonte dabei das Wort »alle«. Timo schaute ihn irritiert an, überging aber seine Bemerkung.

»Die Fragen und Antworten sammeln wir in einem Ordner, so haben wir ein gemeinsames hilfreiches Werk für die Wiederholungen und die Prüfungsvorbereitung. Ich habe bereits einen mitgebracht.« Timo zog einen schwarzen Aktenordner und ein weißes Blatt aus einer Jutetasche und legte beides auf den Tisch.

»Da kann ich ja gleich ein Titelblatt entwerfen«, sagte Timea eifrig und zog das Papier zu sich. Aus ihrer blauen Handtasche holte sie ein kleines Schreibetui hervor und entnahm ihm einen dünnen, grün-goldenen Kugelschreiber. »Wir könnten die ersten Buchstaben unserer Vornamen zusammenfügen«, schlug sie vor. Sie blickte zu Justus hinüber. »Du heißt …«, sie zögerte einen Augenblick, »Justus.« Timea schrieb in Schönschrift: »JUS«. Dann fügte sie jeweils die ersten beiden Buchstaben von Timos und ihrem eigenen Namen hinzu. Zum Schluss schrieb sie ein »A« für Arne, der am weitesten von ihr entfernt saß. Auf dem Blatt stand jetzt in großen regelmäßigen Druckbuchstaben JUSTITIA.

Die Studenten schauten sich erst überrascht an, dann mussten sie lachen. »Wenn das kein gutes Omen ist«, meinte Timea. Sie fügte ein »S« an und setzte noch das Wort »Studium« dazu. Und so stand auf der ersten Seite ihres gemeinsamen Buches: JUSTITIAS STUDIUM.

»Und wie geht es jetzt weiter?«, fragte Timea und schaute dabei erwartungsvoll in die Runde.

Timo kramte einige Blätter aus seiner Jutetasche hervor. »Wir haben uns ja vorher nicht absprechen können, deshalb habe ich für unsere heutige erste Sitzung bereits Fragen vorbereitet.«

»Dann können wir ja gleich an die Arbeit gehen«, sagte Justus und legte seinen schwarzen Attachékoffer geräuschvoll auf den Tisch. Er drehte am Zahlenschloss, und der Deckel öffnete sich. Arnes Blick fiel auf die eingedruckten Initialen. »J. L.« stand links unten auf dem Deckel. Nachdem Justus dem Koffer Schreibgerät und Block entnommen hatte, begann Timo mit seinen Fragen.

Privatrecht und öffentliches Recht

»In welche zwei großen Bereiche wird unser Recht üblicherweise unterteilt? Arne, willst du anfangen?«

Arne zog die Stirn in Falten. »Vielleicht fragst du erst einmal jemanden anderen aus der Runde. Ich bin mir nicht sicher, ob man dieses uferlose Fachgebiet überhaupt in nur zwei Rubriken unterteilen kann.«

Timo schaute Justus an. »Weißt du die Antwort?«

Justus nickte selbstbewusst. »Wir unterscheiden das Privatrecht und das öffentliche Recht.«

»Könntest du das Privatrecht mal genauer beschreiben?«

»Kein Problem, das gehört doch zum kleinen Einmaleins des Juristen«, sagte Justus selbstgefällig und strich dabei mit den Händen über seinen Koffer. »Als Privatrecht bezeichnet man alle Gesetze, die die Rechtsbeziehungen der Menschen untereinander ordnen. Sie legen fest, welche Freiheiten, Rechte, Pflichten und Risiken die Menschen im Verhältnis zueinander haben. Zum Privatrecht gehören vor allen Dingen das Bürgerliche Gesetzbuch, daneben aber auch z. B. das Handelsrecht für die Kaufleute.«

»Jetzt bist du mit dem öffentlichen Recht dran, Timea.«

Timea richtete sich ein wenig auf und spulte dann die Antwort so schnell ab, als ob sie direkt aus einem juristischen Lehrbuch vorlesen würde. »Zum öffentlichen Recht gehören insbesondere die Rechtsvorschriften, die die Unterordnung des Einzelnen unter die hoheitliche Gewalt des Staates regeln. So gehören zum öffentlichen Recht unter anderem das Steuerrecht und das Verwaltungsrecht.«

»Wofür ist die Unterscheidung von Bedeutung?«, fragte Timo und schaute in die Runde.

»Die Unterscheidung ist im Wesentlichen für die Gesetzgebungs- und die Gerichtszuständigkeit wichtig«, sagte Timea, bevor noch Arne oder Justus eine Antwort geben konnten.

Es entstand eine Pause, als Timo in seinen Unterlagen blätterte, um weitere Fragen zu stellen.

Diskussion über Selbstjustiz

»Habt ihr übrigens auch von dieser Maria Busch gehört, die den Mörder ihres Kindes im Gerichtssaal tötete?«, fragte Arne und zog einen Zeitungsausschnitt aus seiner Tasche. »Die Zeitungen und Zeitschriften sind ja mittlerweile voll von dieser bewegenden Geschichte.« Arne schaute kurz zu Timo hinüber, der jedoch noch immer in seinen Unterlagen suchte. »Hört mal, was sie in der Zeitung dazu schreiben:

Als die Exekution vorbei war, applaudierten die Bürger. Im Untersuchungsgefängnis brachen Häftlinge in Beifall aus, minutenlang, wie nach einer Premiere. Selbst ein Justizbeamter konnte nicht mehr an sich halten: ›Das war mal fällig. Unsere Pappjuristen bringen ja kein vernünftiges Urteil zustande.‹

Hier ist auch ein Leserbrief abgedruckt. Dort heißt es:

Ich würde noch immer jeden niederschießen, der eines meiner Kinder ermordet. Ich habe Frau Busch einen Blumenstrauß geschickt. Sie hat endlich ein Zeichen gesetzt. Mit dieser ewigen Humanitätsduselei kann es doch nicht weitergehen.

J. Gleise, 78 Jahre«

Timo legte seine Papiere zur Seite und blickte auf. »Es ist doch unglaublich, was für aggressive Gefühle dieser bedauerliche Fall freisetzt«, empörte er sich.

»Vielleicht könnt ihr euch als Männer gar nicht vorstellen, wie dieser Mutter zumute ist«, entgegnete Timea erregt. »Außerdem, was hätte der Täter denn in dem Gerichtsverfahren bekommen? Ein paar Jahre Gefängnis, dann wäre er wieder freigekommen und hätte möglicherweise wieder einen Menschen getötet und weitere Familienangehörige in Verzweiflung gestürzt.« Timea redete immer schneller. »Die Strafen für Kindesmisshandlung und Tötung stehen nach meiner Meinung nicht im angemessenen Verhältnis zur Schwere der Tat. Vielleicht wäre dieser Täter sogar freigesprochen worden, beispielsweise wegen irgendeines Verfahrensfehlers. Ich bewundere jedenfalls den Mut von Maria Busch.« Timea schaute mit geröteten Wangen von einem zum anderen. Es war einige Augenblicke still.

»Ich finde, du siehst das nicht ganz richtig, Timea«, sagte Arne vorsichtig. »Schau mal hier, die Todesanzeige, die von Freunden von Peter Hanisch aufgegeben wurde.« Arne schob Timea den Zeitungsartikel zu. »Lies mal, was hier steht!«

»*Durch Selbstjustiz wurde das Leben von Peter Hanisch beendet. Wir lassen seinen Tod nicht ungesühnt*«, las Timea leise vor.

»Stell dir nur mal vor, diese Freunde fühlten sich berechtigt, nun ebenfalls mit Selbstjustiz zu antworten und den Tod von Peter Hanisch zu rächen«, gab Arne zu bedenken. »Maria Busch und vielleicht sogar unbeteiligte Familienangehörige wären ihres Lebens nicht mehr sicher. Es gehört doch nicht viel Phantasie dazu, sich auszumalen, welche katastrophalen persönlichen Schicksalsschläge auch für Unbeteiligte damit verbunden sind, wenn sich Familien gegenseitig bekriegen. Kinder verlieren ihre Eltern, Ehefrauen ihre Männer, ganze Sippen werden ins materielle Elend gestürzt und rotten sich gegenseitig aus. Ich sag dir, Timea, wenn die Opfer oder Angehörige des Opfers das Recht in die eigenen Hände nehmen, gibt es keinen Frieden mehr.«

Timea wollte gerade zu einer Erwiderung ansetzen, als Timo ihr zuvorkam. »Das Thema können wir weiter besprechen, wenn das Strafrecht auf dem Programm steht. Ich habe für heute keine weiteren Fragen.« Er legte seine beschriebenen Blätter zusammen, um sie in seiner Jutetasche zu verstauen.

»Das sind doch unsere ersten Fragen aus der Arbeitsgruppe«, sagte Justus und griff nach dem Manuskript, das er gleich an Timea weiterreichte. »Kannst du sie bitte in unseren Justitia-Ordner heften?« Timea blickte Justus an und runzelte die Stirn. Aber sie sagte nichts, sondern nahm die Blätter an sich und legte sie in dem schwarzen Ordner ab. Die Studenten nahmen ihre Taschen und erhoben sich vom Tisch.

»Ach, bevor wir heute auseinandergehen, sollten wir einen neuen Termin vereinbaren und absprechen, wer die Fragen für unsere nächste Sitzung vorbereitet«, sagte Timo schnell. »Lasst uns das reihum machen. Jeder ist dann mal dran.«

»Ich würde gern die nächsten Fragen formulieren«, sagte Timea eifrig.

»Sehr gut, dann würde ich vorschlagen, dass wir uns übermorgen hier zur gleichen Zeit wieder treffen.« Die Studienkollegen nickten zustimmend.

»Also, dann bis Donnerstag«, verabschiedeten sich Justus und Timea an der Tür.

»Ich bin froh, dass ich bei der Arbeitsgruppe dabei bin«, meinte Arne, als die beiden gegangen waren. »Wir hatten auch einen guten Start, nicht wahr?«

Timo zuckte mit den Achseln. »Ich denke schon. Hoffentlich passen wir auch zueinander. Bis zum Examen ist es noch lange hin.«

Arne war optimistisch. »Es wird schon werden. Hast du dich übrigens angemeldet für die Vorlesung von Professor Westhagen?«

»Ja klar, ich habe auch den Platz 144 bekommen.«

»Dann sehen wir uns morgen.«

Professor Westhagens Vorlesung über die Abschaffung der Fehde

Arne und Timo betraten den Vorlesungssaal, der schon gut gefüllt war. In wenigen Minuten würde die Vorlesung von Professor Westhagen beginnen. »Ich zeige dir, wo wir sitzen«, sagte Arne und ging voraus. Timea saß bereits auf ihrem Platz, vor sich das aufgeschlagene Kollegheft. Die Studenten begrüßten sie und Timea stand auf, damit Arne und Timo ihre Plätze einnehmen konnten. Auf gleicher Höhe, nur durch den Gang getrennt, entdeckten sie zu ihrer Überraschung Justus. Arne und Timo nickten ihm freundlich zu.

In diesem Augenblick betrat Professor Westhagen den Saal. Er grüßte knapp und begann sofort mit seinem Vortrag.

»Zum Schluss der letzten Vorlesung hatten wir betont, dass bei den Germanen der Schutz durch die Sippe den fehlenden Schutz durch Staat und Gerichte ersetzte. Bei Verletzung von Leben, Körper, Ehre oder Gut eines Angehörigen durch Außenstehende konnten das Opfer oder dessen Sippe wegen der Stärke des Täters oder seiner Familie die Angelegenheit auf sich beruhen lassen. Das galt bei den Germanen aber als unehrenhaft. Deshalb reagierte die Sippe bei Rechtsverletzungen regelmäßig mit aggressiver Selbsthilfe.« Professor Westhagen zog das Mikrofon näher zu sich heran, seine metallisch klingende Stimme füllte den Raum.

1 Die negativen Folgen der Fehde

»In den Sippenkriegen waren alle beliebigen Schädigungen der gegnerischen Sippe statthaft. Ich zitiere: *Es kam nicht nur darauf an, den die Fehde verursachenden Missetäter selbst zu treffen, vielmehr durfte die Tätersippe auch in anderen ihrer Mitglieder, tunlichst in ihrem ›besten Manne‹ getroffen werden.*[7] Die Fehde als Form der Streiterledigung ist jedoch unbefriedigend, weil die Selbstjustiz nur dem Starken hilft und weil häufig genug ein gieriger Raubzug als rechtmäßige Fehde getarnt wird.«

Timo stieß Arne in die Seite. »Erinnerst du dich, Arne? Es war doch nicht nur der Wunsch nach Vergeltung, der Sichar und Chramnesind angetrieben hat, die Habgier hat entscheidend mitgespielt, als die beiden sich am Besitz des Gegners vergriffen haben. Das habe ich gleich gedacht, als wir die Überfälle miterlebt haben.«

Timea schaute verwundert zu den beiden hinüber. Doch bevor sie etwas sagen konnte, zogen die Ausführungen von Professor Westhagen ihre Aufmerksamkeit wieder auf sich.

»Aber auch die ›rechtmäßige Fehde‹ ist eine Quelle von Plünderungen, Raub und Mord. Da die Vergeltungsmaßnahmen in Umfang und Durchführungsart häufig außerdem wegen eines maßlosen Rachegefühls des Opfers in keinem angemessenen Verhältnis zur Schwere der Tat standen, konnten sie verheerende Auswirkungen haben. Für Beteiligte waren mit der Fehde katastrophale persönliche Schicksalsschläge verbunden.«

»Das kann man wohl sagen«, flüsterte Arne Timo zu.

»Die Fehden störten die landwirtschaftliche Produktion, einen ungehinderten Verkehr auf den Landstraßen und den beginnenden organisierten Handel. Sie waren

---

[7] Schmidt, Einführung Strafrechtspflege, S. 23.

immer wieder Anlass für Aufruhr im Lande und behinderten den Aufbau einer zentralen Staatsgewalt. Die ständigen Auseinandersetzungen zwischen den Sippen ließen den Stammesverband allmählich ausbluten und erschwerten den Überlebenskampf.«

2 Wie können Fehdehandlungen eingedämmt werden?

Der Professor blätterte eine Seite seines Manuskriptes um. »Im Laufe der Zeit entstand ein gemeinschaftliches Interesse am Erhalt eines friedlichen Zusammenlebens.«[8] Er legte sein Manuskript auf das Pult und bewegte sich auf den Rand des Podiums zu. Sein Blick ging über die ansteigenden Reihen des Hörsaals hinweg. »Entwickeln Sie jetzt Ihre Ideen! Welche Maßnahmen könnten dazu dienen, eine Fehde einzudämmen?« Der Professor wartete auf eine Antwort. Kein Geräusch war zu hören. Niemand meldete sich.

2.1 Sühneverträge mit Ersatzleistungen

»Sichar hat doch gezahlt«, flüsterte Arne Timo zu. Der nickte.

»Hat da jemand einen Vorschlag?«, fragte Professor Westhagen und schaute in ihre Richtung. Aber weder Arne noch Timo oder Timea meldeten sich. Die Stille wurde peinlich. Der Lehrer wendete sich zu seinem Vortragspult. Arne befürchtete, er würde jetzt den Sitzplan holen und jemanden aufrufen. Aber da meldete sich ein Student in einer der vorderen Reihen.

»Ja bitte«, forderte der Professor ihn zum Sprechen auf.

»Der Täter konnte eventuell den Folgen der Fehde ent-

---

[8] Görg, Entstehung Anklageerzwingungsverfahren, S. 23.

gehen, wenn sich das Opfer bzw. die Sippe des Opfers mit Ersatzleistungen begnügte.«

Diese Antwort hätte er auch gewusst, dachte Arne.

»Ja, Sie haben recht. Das war eine bahnbrechende Idee zur Begrenzung von Fehden. Da sesshafte Volksstämme im Gegensatz zu Jägern besser mit Gütern ausgestattet waren, wurde es einfacher, Verletzungen mit Sachleistungen auszugleichen. Bußen wurden möglich. Der Blutdurst wurde bei dem einen oder anderen nach einer Zeit des Bedenkens beispielsweise mit folgenden Überlegungen besiegt: ›Von zehn jungen Pferden habe ich doch viel mehr als vom Tod meines Feindes.‹ Das Opfer oder die Sippe des Opfers konnte sich mit einer materiellen Sühne einverstanden erklären. Und der Täter zahlte, wenn er den Folgen der Rache entgehen wollte. Blutschuld war in Geldschuld umgewandelt. Die Pferde wechselten die Besitzer, die Fehde schlief ein.«

2.2 Die Einschaltung eines Vermittlers

Professor Westhagen ging zurück an das Rednerpult und nahm sein Manuskript zur Hand. Er korrigierte den Sitz seiner Brille und zitierte aus seinen Unterlagen. »Die Sühneverträge wurden nicht nur direkt zwischen den Parteien geschlossen, sondern auch durch die Vermittlung eines Dritten. Dieser hatte keine Entscheidungsbefugnis. Seine Aufgabe war es nur, durch sein Geschick eine Einigung der Parteien herbeizuführen. Es stand jedoch allein im Belieben der Parteien, eine sühnevertragliche Regelung zu akzeptieren und die Bußleistung, das Fehdegeld, anzunehmen. Aufgrund der Ehrvorstellungen der damaligen Zeit galt es aber bei den meisten Germanen als äußerst anrüchig, sich das Racherecht durch Bußgeldzahlungen, insbesondere durch die Annahme von Wergeld bei der Tötung eines freien Mannes, abkaufen zu lassen, statt die Fehde bis zum letzten Blutstropfen auszutragen.«

»Das haben wir ja gesehen«, flüsterte Timo. »Der Bischof Gregor von Tours hat es nicht geschafft, zwischen Sichar und Chramnesind Frieden zu stiften.« Arne nickte zustimmend.

»Der Vorwurf, ›den Verwandten im Beutel zu tragen‹, um damit den eigenen Lebensstandard zu verbessern«, fuhr Professor Westhagen fort, »war eine tödliche Beleidigung.«

Deswegen also reagierte Chramnesind so maßlos jähzornig auf Sichars Worte, dachte Arne.

»Sühneverträge allein waren deshalb nicht geeignet, die weiterhin bestehende Blutrache wirksam zu besiegen.«

2.3 Die Verbrechensverfolgung wird Staatsaufgabe

Professor Westhagen nahm das nächste Blatt seines Manuskriptes hoch und drehte es um. »Karl, der fränkische König, der schon zu Lebzeiten ›der Große‹ genannt wurde, machte den Versuch, den Sühnevertrag zu erzwingen, um Rache und Fehde überhaupt aus der Welt zu schaffen. Das war neu! Die Allgemeinheit, der Staat, war bisher bei Straftaten unbeteiligt geblieben. Über den Sippen stand noch keine höhere Autorität, die eigene Ordnungsvorstellungen über das private, zwischenmenschliche Zusammenleben hätte entwickeln oder gar durchsetzen können. Karl der Große sah dagegen die Verbrechensverfolgung und die Sicherung von Recht und Frieden im Lande erstmals als eigene Angelegenheit an und versuchte sie selbst in die Hand zu nehmen.[9] Beginnend mit Karl dem Großen ist die

[9] Görg, Entstehung Anklageerzwingungsverfahren, S. 30 m. w. N.

Strafverfolgung nicht mehr *Privatrecht,* sondern wird die Wahrung des inneren Friedens zum *öffentlichen Recht,* zur Aufgabe des Staates. Der König betrachtete jede Missetat gegen einen Untertan als Bruch des von ihm garantierten und gesicherten Friedens und damit als Missachtung seiner königlichen Autorität.

Karl übte deshalb starken Druck aus, Sühneverträge vor Grafschaftsgerichten abzuschließen. Der Abschluss von Sühneverträgen stand nicht mehr im Belieben der Kontrahenten. Aus dem Vermittler bei Auseinandersetzungen war so ein Schiedsgericht geworden, das eine eigene Entscheidung über den Umfang von Ersatzleistungen traf.« Professor Westhagen nahm einen Schluck aus dem Wasserglas. Dann nahm er den Faden wieder auf.

2.4 Die Festlegung von Bußgeldern

»Die Bußgeldkataloge der Volksrechte enthielten detaillierte Listen, in denen verletzte Gliedmaßen, geraubtes Vieh oder gestohlene Gegenstände mit Geldsummen gegeneinander verrechnet wurden. Das Bußgeld für eine Bluttat, dessen Höhe nach dem sozialen Rang des Getöteten gestaffelt war, wurde verhältnismäßig hoch angesetzt, damit sich für die Sippe eine Einigung und damit der Verzicht auf das Selbsthilferecht lohnten. Ihrer Idee nach bedeuteten die Bußen, solange sie an die verletzte Sippe fielen, einen Abkauf des Racherechts. Neben der Ersatzleistung musste der Täter außerdem ein Friedensgeld an die Obrigkeit zahlen.[10] Wer sich weigerte, vor dem Grafen den Sühnevertrag abzuschließen, wurde vor den König selbst zitiert.

Das Kapitel 22 der Capitulare Haristallense von ca. 780 legte fest: *Wenn jemand für die Fehde die Buße nicht*

---

[10] Schmidt, Einführung Strafrechtspflege, S. 25.

72

annehmen will, soll er vor uns geführt werden, und wir werden ihn dahin schicken, wo er keinen Schaden anrichten kann.

Den fränkischen Königen ist es aber trotz aller Anstrengungen nie ganz gelungen, Rache- und Fehdehandlungen zu unterbinden. Mit dem Abtreten der karolingischen Herrscher von der politischen Bühne im Jahre 888 und dem Zerfall ihrer zentralistischen Machtstrukturen in Europa flammten die Fehden überall wieder auf und konnten sich in den entstehenden dezentralisierten Territorialgebilden erhalten.[11]«

2.5 Regeln für die Fehde

»So sah die frühmittelalterliche Gesellschaft nach wie vor die Rache, auch in Form der besonders sozialschädlichen Totschlagsfehde, nicht als Unrecht an. Mit der Entwicklung des Ritterstandes wurden die altgermanischen Auffassungen von Selbsthilfe sogar im gesamten Abendland weiter verbreitet. Es genügten bald bloße Streitigkeiten um Hab und Gut, um dem Gegner die Fehde anzusagen und ganze Sippen in kriegsähnliche Auseinandersetzungen bis zur gegenseitigen Ausrottung zu stürzen. So verbreitet Blutrache und Fehde im gesamten Mittelalter waren, so zahlreich waren weiterhin die Versuche, diese Akte der Selbstjustiz einzudämmen und Grenzen für ihre Ausübung festzulegen. Der Einfallsreichtum von Königen, Territorialherren und Städten zur Wahrung von Frieden und Sicherheit war dabei groß.[12] Das Waffentragen in Städten wurde nicht gestattet. Die Befehdung der Familie als Ganzes wurde untersagt. Sonderfrieden wie Heer-, Markt- oder Brand-

---

[11] Görg, Entstehung Anklageerzwingungsverfahren, S. 33.
[12] Schmidt, Einführung Strafrechtspflege, S. 48 ff.

frieden sowie Freistätten wurden geschaffen. Eine rechte Fehde bedurfte eines Anlasses, der allgemein anerkannt war. Die Abwicklung wurde Regeln unterworfen. So setzte eine rechtmäßige Fehde eine förmliche Erklärung in Form eines Fehdebriefes voraus.« Professor Westhagen ließ das Blatt, von dem er vorgetragen hatte, sinken. »Bevor ich auf weitere Versuche zur Eindämmung der Fehde eingehe, legen wir eine fünfzehnminütige Pause ein«, sagte er und verließ den Vorlesungssaal durch die Tür hinter dem Podium.

Sobald der Professor den Raum verlassen hatte, stieg der Geräuschpegel, Unruhe verbreitete sich. Viele Studenten hatten die Pause herbeigesehnt, um eine Zigarette zu rauchen oder sich auch nur einmal strecken zu können. Timo schloss seine Schreibkladde und fragte Arne: »Wie kamen eigentlich die Familien der getöteten Knechte von Sichar und Auno zu ihrem Recht? Und was passierte, wenn diese wirtschaftlich Abhängigen Straftaten begingen? Knechte waren doch wegen fehlender Mittel kaum in der Lage, Fehdehandlungen durch Schadensersatzleistungen zu vereiteln.«

Arne zögerte einen Moment und runzelte die Stirn. »Du hast recht. Wie konnte man der Rache entgehen, wenn man kein Geld oder andere Werte hatte?«

»Worüber redet ihr eigentlich die ganze Zeit?«, fragte Timea neugierig.

Timo und Arne tauschten vielsagende Blicke aus. »Ach, das ist so eine Geschichte, von der wir gehört haben«, sagte Timo vage.

»Vielleicht könnt ihr mir später davon erzählen«, schlug Timea vor. »Aber jetzt lasst uns erst einmal vor die Tür gehen. Da drüben ist ja auch Justus.«

2.6 Die Entwicklung der peinlichen Strafen

Pünktlich auf die Minute erschien Professor Westhagen nach der Pause und setzte seine Vorlesung fort. »Sie hatten Zeit, in der Pause unser heutiges Thema zu diskutieren. Haben Sie noch Fragen?« Einen Augenblick tat sich nichts. Dann ging plötzlich Timos Hand in die Höhe. Arne und Timea blickten überrascht zu ihm hinüber. Professor Westhagen griff zu seinem Sitzplan und suchte Timos Namen. »Ja bitte, Herr Nettelroth, was möchten Sie beitragen?«

Timo räusperte sich. »Damals gab es doch auch Knechte und Abhängige. Welche Bedeutung hatten für diese Menschen Ersatzleistungen als Mittel zur Lösung von Konflikten? Sie hatten doch im Zweifel nicht genug Besitz, um durch die Zahlung von Bußgeld den Folgen der Selbstjustiz zu entgehen.«

»Das ist eine berechtigte Frage«, antwortete der Professor. Arne wunderte sich. Klang so ein Kompliment aus dessen Munde? »Dem System der Ersatzleistungen liegt die Vorstellung einer Gemeinschaft mit sozial ungefähr gleich gestellten Volksgenossen zugrunde. Unterhalb der Schicht der zahlungsfähigen Besitzenden wuchs aber die Menge der Abhängigen und Mittellosen, die für die Zahlung einer Ersatzleistung im Rahmen eines Sühnevertrages zu arm waren und so durch die Maschen des Sanktionssystems fielen. Auch für diese, in Zeiten des wirtschaftlichen Niedergangs größer werdende Bevölkerungsgruppe mussten Regeln existieren. Der sich etablierende Staat reagierte auf Untaten dieser Unfreien mit der Anwendung von Todes- als auch Körperstrafen. Damit aber tritt neben das Sühnegeld an den Verletzten eine ganz andere Art von Unrechtsfolge in Erscheinung: die sogenannten peinlichen Strafen, die dem Verbrecher an

Leib und Leben gingen.[13] Das zulässige Maß der Strafe wird nicht mehr durch die gewissermaßen kriegsrechtlichen Regelungen der Privatfehde, sondern aufgrund der Einschätzung der Gemeinschaftsschädlichkeit der Tat bestimmt. Sollte Frieden im Lande herrschen, musste die Sühnung der Tat von der materiellen Situation des Täters abgekoppelt werden.« Professor Westhagen nahm einen Schluck Wasser aus dem Glas.

2.7 Die Bereitstellung einer funktionsfähigen Gerichtsbarkeit

»Langsam begann sich auch die Erkenntnis durchzusetzen, dass der Verzicht auf Selbsthilfe für den Verletzten nur akzeptabel war, wenn der Staat ihm ein geordnetes gerichtliches Verfahren zur Sühne garantierte. Bisher hatte sich der obrigkeitliche Kampf gegen die Fehde zunächst nur gegen deren schädigende Auswüchse und gegen ihren Missbrauch richten können. Sie völlig zu verbieten, dem Einzelnen also den kompletten Verzicht auf Selbsthilfe abzuverlangen, kann sich der Staat mit gutem Gewissen nur dann erlauben, wenn er von sich aus entschlossen und fähig ist, eine geordnete Gerichtshilfe an die Stelle der Selbsthilfe zu setzen.[14] Stadtbürger und Bauern waren ohne großen Widerstand bereit, auf die Durchsetzung ihres Rechts auf eigene Faust zu verzichten, wenn und soweit die staatliche Autorität in der Lage war, ihnen auf andere Weise zu ihrem Recht zu verhelfen.«

3 Die endgültige Abschaffung der Fehde

Eine dunkelhaarige Studentin aus der hinteren Reihe meldete sich. »Ab wann war die Fehde aber endgültig

[13] Schmidt, Einführung Strafrechtspflege, S. 26.
[14] Schmidt, Einführung Strafrechtspflege, S. 52.

abgeschafft?«, fragte sie mit leiser Stimme, als sie aufgerufen wurde.

Professor Westhagen ging ein paar Schritte auf die Studentin zu und erklärte: »Der Reichstag von Worms im Jahre 1495 brachte die Wende. Bei dieser Versammlung ist das Prinzip der Selbsthilfe aufgegeben worden. Am 7. August 1495 wurde der Ewige Landfriede verkündet. In Paragraf 2 des Landfriedensgesetzes wurde ein absolutes und zeitlich unbeschränktes Fehdeverbot erlassen. Niemand darf sein Recht selbst in die Hand nehmen, die Selbstjustiz ist abgeschafft. Das Faustrecht soll der Vergangenheit angehören, denn von nun an nimmt die staatliche Gewalt, die durch den König und die Reichsstände verkörpert wird, das Monopol der Gewaltausübung für sich in Anspruch. Zugleich freilich übernimmt die staatliche Gewalt auch die Verpflichtung, sich intensiv um die öffentliche Sicherheit und um die Rechtspflege zu kümmern.[15] Damit war die Fehde noch nicht endgültig ausgerottet. Aber seit dem Reichstag von Worms unterscheiden wir zwischen der Gewalt, die vom Staat verantwortet wird, und privater Gewalttätigkeit.«

[15] Becker, Gewaltmonopol, NJW 1995, S. 2077.

Die Arbeitsgruppe befasst sich mit dem staatlichen Gewaltmonopol

Die vier Jurastudenten saßen an dem ovalen Tisch im Studierzimmer des Studentenwohnheims. Timea nahm das erste Blatt mit ihren vorbereiteten Fragen zur Hand.

»Wir beschäftigen uns heute mit der geschichtlichen Entwicklung des Strafrechts. Wer will sich zu den Folgen äußern, die eintraten, wenn Menschen in ihren Rechtsgütern verletzt wurden?«, fragte sie und schaute in die Runde.

»In früheren Gesellschaften gab es keine staatlichen Stellen wie Staatsanwaltschaft, Polizei oder Gericht, die sich einschalteten, wenn jemand an Leib, Leben oder in seinem Eigentum verletzt wurde«, begann Arne. »Man war vollkommen auf die Stärke seines Familienverbandes, der Sippe, angewiesen, die den Täter im Wege der Selbsthilfe, also mit Racheaktionen, verfolgte, wenn es zu Rechtsverletzungen gekommen war. Später wurden Fehden durch Sühneverträge mit Ersatzleistungen beendet, die ein Täter an das Opfer bzw. an die Sippe des Opfers zahlte. Im heutigen Strafverfahren leistet der Täter keine Ersatzleistungen an das Opfer, sondern er bekommt eine Strafe, die in früheren Zeiten ursprünglich nur für Unfreie vorgesehen war und die zum Beispiel als Geldstrafe an den Staat zu entrichten ist. Seinen Schaden aufgrund einer Rechtsverletzung kann der Geschädigte in einem getrennten zivilgerichtlichen Verfahren einklagen.«

»Das ist korrekt«, sagte Timea anerkennend.

Das Offizialprinzip

»Und wer ist für die Strafverfolgung zuständig?«

»Wie Arne schon sagte, war früher die Strafverfolgung Sache des Verletzten oder seiner Angehörigen«, antwortete Timo. »Wegen der schrecklichen Auswirkungen der Selbstjustiz hat eine jahrhundertelange Entwicklung aber dazu geführt, dass der Staat für die Einleitung des Strafverfahrens und die Strafverfolgung zuständig ist.«

Justus schaute in seine Unterlagen. »Ich habe mir Folgendes dazu notiert:

Die Zurückdrängung der Fehde war nur durch harte staatliche Strafen möglich, die das Rachebedürfnis des Verletzten berücksichtigten. Die Strafen durften nicht zu milde sein, um dem Volk den Verzicht auf die Selbsthilfe schmackhaft zu machen.«

Timo schüttelte missbilligend den Kopf. »Halt, das ist aber eine gewagte Behauptung«, warf er ein. »Ich glaube nicht, dass die Härte der Strafen die Eindämmung der Fehde bewirkte, sondern die Sicherheit für das Opfer, dass Straftaten durch den Staat verfolgt wurden.«

Justus setzte zu einer Erwiderung an. Timea aber hob beschwichtigend die Hände und sagte schnell: »Wie auch immer, Strafgewalt und Strafanspruch liegen ausschließlich in den Händen der zuständigen staatlichen Instanzen. Das ist das Gewaltmonopol des Staates. Die Strafverfolgung ist heute nicht mehr Privatrecht, sondern öffentliches Recht. Der Grundsatz der Strafverfolgung durch den Staat ist das sogenannte *Offizialprinzip*. Der Strafanspruch steht allein dem Staat zu und wird grundsätzlich ohne Rücksicht auf den Willen des Verletzten durch Staatsorgane durchgesetzt. Die Strafverfolgungsbehörden werden, sofern ausreichende Anhaltspunkte für eine strafrechtlich verfolgbare Handlung vorliegen, von Amts wegen tätig.«

Das Legalitätsprinzip

»Gibt es keine Probleme, wenn die Verfolgung von Straftaten ausschließlich in den Händen des Staates liegt?«, stellte Timea die nächste ihrer vorbereiteten Fragen.

Timo antwortete: »Wenn der Staat uns verbietet, bei Rechtsverletzungen Selbsthilfe zu üben, dann *muss* dieser Staat verpflichtet sein, bei strafbaren Handlungen einzuschreiten. Er kann nicht die Selbsthilfe untersagen und bei der Strafverfolgung gleichgültig und nachlässig werden. Sorgt er nicht oder nur sehr unvollkommen für die strafrechtliche Verfolgung, so fördert er den Drang zur Selbstjustiz. Somit ist die Staatsanwaltschaft zur Aufklärung und gegebenenfalls zur Klageerhebung verpflichtet. Deshalb gibt es den Verfolgungszwang des Staates bei strafbaren Handlungen.«

»Wie wird dieser Grundsatz bezeichnet, Arne?«, fragte Timea.

Arne zuckte mit den Achseln. »Ich weiß, ich habe etwas darüber gelesen, aber im Augenblick fällt mir der Fachbegriff nicht ein.«

Timea nahm ihr Konzept zur Hand und erklärte: »Dieser Grundsatz wird auch als *Legalitätsprinzip* bezeichnet. Der Staat *muss* bei ausreichenden Anhaltspunkten für das Vorliegen einer Straftat einschreiten. Staatsanwaltschaft und Polizei können sich auch nicht zum Beispiel mit Arbeitsüberlastung rausreden oder bei einflussreichen Leuten ein Auge zudrücken. Der Verfolgungszwang ist die notwendige Ergänzung zum Gewaltmonopol des Staates. Dem staatlichen Verfolgungsmonopol entspricht die Verfolgungspflicht. Jetzt kommt meine nächste Frage. Justus, willst du versuchen, sie zu beantworten? Wo ist der Verfolgungszwang geregelt?«

Justus zögerte mit seiner Antwort. »Da wir das Strafverfahren besprechen, schließe ich messerscharf auf die Strafprozessordnung, abgekürzt StPO«, antwortete er dann. »Ein Blick ins Gesetz erleichtert ja bekanntlich die Rechtsfindung. Ich vermute mal, dass die StPO nach dem Ablauf des Strafverfahrens geordnet ist. Erst das Ermittlungsverfahren, dann das gerichtliche Hauptverfahren und dann die Rechtsmittel. Dann gehört der Verfolgungszwang schon in das Ermittlungsverfahren.« Die Studenten blätterten eifrig in ihren roten Gesetzessammlungen. »Hier, ich habe die einschlägigen Vorschriften gefunden: Paragrafen 160 und 152 StPO«, sagte Justus nach einer Weile. Er las die Vorschriften vor:

> *»§ 160 Abs. 1 StPO: Sobald die Staatsanwaltschaft durch eine Anzeige oder auf anderem Wege von dem Verdacht einer Straftat Kenntnis erhält, hat sie zu ihrer Entschließung darüber, ob die öffentliche Klage zu erheben ist, den Sachverhalt zu erforschen.*
>
> *§ 152 Abs. 2 StPO: Sie (die Staatsanwaltschaft) ist, soweit nicht gesetzlich ein anderes bestimmt ist, verpflichtet, wegen aller verfolgbaren Straftaten einzuschreiten, sofern zureichende tatsächliche Anhaltspunkte vorliegen.«*

Strafvereitelung im Amt

»Was passiert aber, wenn zum Beispiel ein Staatsanwalt den Strafverfolgungszwang nicht beachtet und eine Strafsache unter den Tisch kehrt?«, wollte Timea als Nächstes wissen. »Was meinst du, Arne?«

Arne überlegte, aber er wollte nicht schon wieder eine Antwort schuldig bleiben. »Ich nehme einmal an, der Strafverfolgungszwang ist so entscheidend, dass in so einem Fall der Staatsanwalt ...«, er suchte nach Worten, »... eins auf die Mütze kriegen müsste.«

Timea schaute gequält. »Das klingt ja nicht gerade wie aus dem Lehrbuch. Aber in der Sache bist du auf dem richtigen Weg.«

Plötzlich dämmerte es Arne: Der Strafverfolgungszwang war so wichtig, dass er mit der schärfsten rechtlichen Waffe, die zur Verfügung stand, abgesichert werden musste. »Ein Staatsanwalt, der unrechtmäßig und mit Absicht ein Strafverfahren vereitelt, macht sich strafbar«, gab er zur Antwort. Timea nickte. Die Studenten fanden jetzt schnell die einschlägigen Vorschriften in ihren Gesetzessammlungen:

Strafvereitelung im Amt, § 258 StGB i.V.m. § 258 a StGB:

Wer absichtlich oder wissentlich ganz oder zum Teil vereitelt, dass ein anderer dem Strafgesetz gemäß wegen einer rechtswidrigen Tat bestraft ... wird, wird mit Freiheitsstrafe bis zu fünf Jahren oder mit Geldstrafe bestraft.

Ist in den Fällen des § 258 Abs. 1 der Täter als Amtsträger zur Mitwirkung bei dem Strafverfahren ... berufen, so ist die Strafe Freiheitsstrafe von sechs Monaten bis zu fünf Jahren ...

Gibt es Ausnahmen vom Strafverfolgungszwang?

Timea nahm das letzte Blatt ihrer Aufzeichnungen zur Hand. »Gibt es Ausnahmen von der Strafverfolgung durch den Staat bzw. vom Verfolgungszwang bei Straftaten?«

»Nein«, meinte Arne und schüttelte den Kopf, »das kann ich mir nicht vorstellen.«

»Tja, kein Grundsatz ohne Ausnahmen«, entgegnete Timea. »Justus hat doch gerade den Paragrafen 152 Abs. 2 StPO vorgelesen. Der Verfolgungszwang gilt nur, ›soweit‹ nicht gesetzlich ein anderes bestimmt ist. Wir müssen uns noch mit den Privatklagedelikten beschäftigen, bei denen das Opfer selbst ermitteln, Beweise zusammentragen und Klage erheben muss. Und beim nächsten Mal müssen wir über die vielen Einstellungsmöglichkeiten der Staatsanwaltschaft nach den Paragrafen 153 ff. StPO bei der Kleinkriminalität, bei politischen Delikten und im Jugendstrafverfahren sprechen. Aber für heute sollte es, denke ich, genug sein, wir haben unser Pensum geschafft«, sagte Timea, während sie ihr Manuskript mit den Fragen und Antworten in dem Ordner »Justitias Studium« abheftete.

Die Kommilitonen wollten sich gerade erheben, da fiel Timea noch etwas ein. »Eine Frage habe ich noch. Was, glaubt ihr, wird eigentlich mit Maria Busch passieren?«

»Ich vermute einmal, sie wird wegen Totschlags, vielleicht sogar wegen Mordes angeklagt«, sagte Justus gleichgültig.

»Aber die besonderen Umstände der Tat werden sicher bei der Strafzumessung berücksichtigt«, ergänzte Timo.

»Erinnert ihr euch?«, fragte Timea. »Beim letzten Treffen habe ich doch noch Sympathie für ihre Tat gezeigt. Ich habe noch einmal darüber nachgedacht und meine Meinung inzwischen geändert.«

»Ach nee«, meinte Timo gedehnt. »Woher kommt denn der Sinneswandel?«

»Ich sehe das jetzt klarer. Das Verbot der Selbstjustiz

schützt gerade die Schwächeren, zum Beispiel Frauen und Kinder, die sich nicht so einfach wehren können. Außerdem glaube ich, dass Männer in Staaten, in denen das Gewaltmonopol des Staates vorherrscht, nicht solche ›Macho-Typen‹ sind wie in Ländern, in denen die Selbstjustiz noch verbreitet ist.«

Einige Augenblicke schaute Justus Timea ungläubig an, dann lachte er laut auf. »So etwas Verrücktes habe ich ja noch nie gehört! Was soll das denn miteinander zu tun haben?«

Timea ließ sich nicht irritieren. »Das ist doch klar«, sagte sie mit fester Stimme. »In Ländern, in denen Selbstjustiz geübt wird, müssen Männer bereit sein, zum Schutz ihrer Familien Gewalt anzuwenden. Die Qualität eines Mannes zeigt sich unter anderem daran, ob er bereit ist, körperliche Gewalt einzusetzen oder zur Waffe zu greifen. Diese Kultur der Dominanz des Starken führt zum ›Macho-Gehabe‹ der Männer. Eine gewaltfreie Gesellschaft dagegen lässt ihnen die Chance, ihre friedlichen Eigenschaften stärker zu entwickeln. Die Notwendigkeit, im ursprünglichen Sinne des Wortes männliche Stärke zeigen zu müssen, ist einfach nicht mehr so wichtig. Das ist in meinen Augen ein Grund, warum zum Beispiel in den südosteuropäischen Ländern die Macho-Kultur noch so ausgeprägt ist. Selbst in den USA wird noch die Kultur der Selbstverteidigung gepflegt, ein ›richtiger‹ Mann hat dort eine Waffe.« Timea schaute selbstbewusst in die Runde, ihre Wangen waren gerötet.

»Das ist doch Blödsinn«, wiederholte Justus stur, aber der spöttische Ausdruck auf seinem Gesicht war verschwunden. »Ich habe allerdings noch eine Frage, bevor wir auseinandergehen«, sagte er. »In meiner Studentenverbindung habe ich einen Jurastudenten kennengelernt, der zum nächsten Semester hier zur Universität wechselt. Er interessiert sich sehr für unsere Arbeitsgruppe und hat mich schon zweimal angerufen und gefragt, ob er nicht mitmachen könne. Sein Schwiegervater hat eine Anwaltskanzlei. Er kann dort nach dem Examen anfangen. Das könnte auch für uns von Vorteil sein. Seid ihr damit einverstanden, wenn er zum nächsten Semester bei uns mitmacht?«

Timo schaute skeptisch. »Ich weiß nicht so recht. Sind vier Teilnehmer nicht genug?«

»Wenn er die Universität wechselt und noch keine Arbeitsgruppe hat, das ist ja nicht einfach für ihn«, meinte Timea. »Was denkst du, Arne?«

»Eine Verstärkung kann nicht schaden. Wenn wir zu fünft sind, können wir die Rechtsgebiete noch besser aufteilen.«

»Also gut«, sagte Timo. »Dann bring ihn zum nächsten Semester mit. Hoffentlich gibt es keine Probleme.«

Das zweite Semester

Verfassungsrecht –
vom Absolutismus zum Verfassungsstaat

Nein, eine Grenze hat Tyrannenmacht;
wenn der Gedrückte nirgends Recht kann finden,
wenn unerträglich wird die Last – greift er
hinauf getrosten Mutes in den Himmel
und holt herunter seine ew'gen Rechte,
die droben hangen unveräußerlich
und unzerbrechlich, wie die Sterne selbst.

Aus »Wilhelm Tell« von Friedrich Schiller

Besuch im Verbindungshaus

Maria Loosmeyer war eine zurückhaltende, vorsichtige junge Frau. Sie selbst sah sich auch so und hatte damit keine Probleme. Heute hatte sie ihren freien Abend. Sie saß in dem Versammlungsraum im Haus der Studentenverbindung »Universitas«. Holger, ihr Mann, studierte Jura und war Mitglied dieser Studentenverbindung, wie schon ihr Vater, der sich immer noch als »alter Herr« in der Gemeinschaft engagierte.

Heute sprach ein Professor, dessen aktive Zeit schon lange zurücklag, in einem Vortrag über »Die Justitia, Reflexionen über ein Symbol und seine Darstellung in der bildenden Kunst«.[16] Marias Vater hatte den älteren Herrn in seinen Studientagen noch als Professor erlebt. Er war sofort bereit gewesen, beim Vortragsprogramm der Studentenverbindung durch einen Beitrag mitzuwirken.

Mit einer Hand stützte sich der weißhaarige Professor mühsam am Rednerpult ab, mit der anderen hielt er das Vortragsmanuskript ganz nah vor seine Augen. »Justitia ist ein lateinisches Wort, das wir mit ›Gerechtigkeit‹ übersetzen«, erläuterte er mit dünner, zittriger Stimme. »Justitia bedeutet aber über den unmittelbaren Wortsinn hinaus üblicherweise auch ›Symbol oder Göttin der Gerechtigkeit‹. Wir begegnen vielen Versuchen, sie bildlich darzustellen. Es gibt sie in männlicher, aber ganz überwiegend in weiblicher Person. Meistens sogar

[16] Kissel, Justitia.

ganz betont weiblich«, fügte er mit einem verschmitzten Lächeln hinzu. »In der überwiegenden Mehrzahl wird sie mit Schwert und Waage dargestellt, aber es gibt sie auch mit Gesetzbuch, mit Rutenbündel, mit einem Füllhorn oder weiteren Attributen. Wir finden sie mit verbundenen oder offenen Augen, stehend, sitzend, gelegentlich auch liegend; allein oder in Verbindung mit anderen. Es gibt keine einheitliche Justitia, aber wir können doch rein zahlenmäßig diejenige als Normalfall ansehen, die uns in weiblicher Gestalt mit Schwert und Waage gegenübertritt.«

Maria war nicht gerade sehr interessiert an dem Thema, aber sie fühlte sich verpflichtet, diesen Termin wahrzunehmen. Zum großen Teil waren es weibliche Zuhörer, die am frühen Abend den Weg ins Verbindungshaus gefunden hatten. Die meisten waren in der gleichen Situation wie Maria, sie waren Freundinnen oder Frauen von Studenten. Nach dem Vortrag des Professors würden sie gemeinsam Kaffee trinken und Zukunftspläne für die Zeit nach dem Universitätsabschluss ihrer Partner schmieden. Ein Teil der Frauen beneidete Maria. Sie und ihr Mann schienen bereits einen gesicherten und sorgenfreien Platz im Leben zu haben. Für die meisten der anwesenden Frauen war die Zukunft noch ungewiss. Sie hatten nicht wie Maria einen Vater, der das Studium des Ehemanns finanzierte. Viele mussten arbeiten und waren noch weit davon entfernt, sich konkrete Gedanken über ihre Familienplanung zu machen und darüber, wie das zukünftige Heim einmal eingerichtet werden sollte.

Nach dem Kaffee verabschiedete sich Maria und machte sich auf den Heimweg. Sie ging nicht gern allein nach Hause und wünschte sich, Holger hätte sie, wie gewohnt, zum Verbindungshaus begleitet und wieder abgeholt. Sie hatte sogar darauf bestanden, aber das hatte nur zu einem heftigen Streit geführt. Holger war sehr aufgebracht gewesen. Er müsse hart für sein Studium arbeiten.

Während des Vortrags hatte es geschneit. Straßen, Gehwege und Vorgärten waren mit einer Schneeschicht bedeckt. Auf der Straße kamen ihr zwei Jungen entgegen, die mit Schneebällen auf Verkehrsschilder warfen. Maria hatte Angst, dass sie auf die Idee kommen könnten, sie als Zielobjekt zu missbrauchen. Plötzlich fuhr langsam ein Auto vorbei. Die Jungen bückten sich, formten Schneebälle und bewarfen den Wagen. Der Fahrer hielt sofort an, öffnete die Tür und stürzte auf die Bengel zu. Die liefen zu Marias Überraschung aber nicht weg, sondern blieben stur stehen. »Hier werden keine Schneebälle auf Autos geworfen, ist das klar?«, schimpfte der Autofahrer laut. Er machte einen weiteren Schritt auf die beiden zu. »Wehe, ihr macht das noch einmal, dann setzt es was!«

»Wenn du uns anfasst, zeigen wir dich an«, fauchten die Jungen zurück. Einen Augenblick passierte nichts. Dann holte der Mann aus und versetzte jedem von ihnen eine Ohrfeige.

Maria erschrak und lief verängstigt davon. Zehn Minuten später war sie zu Hause. Sie eilte die Treppenstufen empor. Holger saß im Arbeitszimmer tief über eine Gesetzessammlung gebeugt. Mit handschriftlichen Notizen übersäte Blätter, aufgeschlagene Aktenordner und dicke juristische Bücher lagen überall im Raum verstreut auf dem Boden. Maria ließ ihre Handtasche und den Mantel auf einen Sessel fallen, warf ihre Arme um Holger, legte ihren Kopf auf seinen Nacken und küsste ihn. Seine rechte Hand, die einen Kugelschreiber hielt, bekam einen Stoß und ein dicker blauer Strich zog sich quer über das Papier. »Was ist denn nur in dich gefahren?«, fragte er ärgerlich und entzog sich ihrer Umarmung. »Musst du es mir so schwer machen?«

Sie kam an seine Seite und schaute ihn schuldbewusst an. »Ich freue mich einfach, dich zu sehen.« Sie suchte seine körperliche Nähe. Doch Holger wich ihr aus. Er legte sich auf das Sofa und steckte seinen Kopf in das Kissen. »Bitte, Holger, leg nicht die Füße auf das Sofa«, sagte Maria und massierte seinen Rücken.

»Maria, du bringst nicht nur meine Unterlagen, sondern auch mich durcheinander. Willst du denn nicht, dass ich studiere, dass ich das Examen mache und in der Anwaltskanzlei deines Vaters arbeite?«

Maria wollte sein Gesicht fühlen. Ihr Mann sah sehr attraktiv aus, und sie liebte seine dunklen Haare und seinen dunklen Teint. »Lass uns noch ausgehen«, schlug sie vor. »So, wie wir das früher häufiger gemacht haben. Wenn du weiter so viel arbeitest, wirst du noch krank und es wird schlimm enden.«

Holger hob abwehrend die Hände. »Nein, nein, das geht nicht. Morgen habe ich gleich in der Frühe eine Vorlesung und anschließend gehe ich zu einer Arbeitsgruppe. Ich bin eingeladen worden, dort mitzuarbeiten, und ich darf auf keinen Fall einen schlechten Eindruck hinterlassen. Ich will mich noch vorbereiten, ich muss gut sein.«

Maria neigte sich zu ihm und küsste seinen Nacken.

Grundlagen zum Verfassungsrecht

Timo, Arne und Timea saßen bereits an dem Tisch im Studierzimmer, als Holger zur Tür hineinkam. Er schaute sich unsicher um. »Hallo, bin ich hier bei der Jura-Arbeitsgruppe?«, fragte er schüchtern.

»Ja, hier bist du richtig«, erwiderte Timo kurz.

»Ich bin Holger Loosmeyer. Ich habe mich sehr gefreut, als Justus mich anrief und mir sagte, dass ich bei euch mitmachen kann. Ich möchte mich dafür ausdrücklich bedanken.«

»Ist doch kein Thema. Setz dich nur zu uns!« Timea zeigte mit der Hand auf einen freien Platz. »Ich bin übrigens Timea Kelly.«

Arne und Timo stellten sich ebenfalls vor. »Hat Justus dir schon erzählt, wie wir hier arbeiten?«, fragte Timo.

»Ja, so ungefähr schon.«

»Also, reihum bereitet einer die jeweilige Arbeitssitzung vor, indem er Fragen zu dem Stoff, der gerade ansteht, erarbeitet. Die Fragen mit ihren Antworten tragen wir hier zusammen«, erklärte Timo und zeigte auf den Aktenordner, der auf dem Tisch lag.

Holgers Blick fiel auf das Titelblatt des Ordners. »Justitias Studium«, las er vor. »Was für ein passender Name! Ich freue mich, dazuzugehören.«

»Das Wort Justitia ergibt sich, wenn du die Anfänge der Vornamen ...«, fing Timo an zu erläutern, ohne zu bemerken, dass Timea den Kopf schüttelte. Aber er wurde unterbrochen, weil sich die Tür öffnete und Justus zu der Gruppe stieß. Er grüßte und setzte sich neben Holger.

»Das ist ja schön, dass es geklappt hat und du dabei bist«, sagte er zu Holger gewandt und gab ihm seine Hand. »Auf gute Zusammenarbeit.« Er öffnete seinen Diplomatenkoffer und entnahm ihm ein Manuskript. »Dann können wir ja anfangen.«

Timea stand auf, um das Radio, welches in einem Regal stand, abzudrehen. In diesem Moment wurde die Musik unterbrochen und eine Männerstimme war zu hören: »Schönen guten Tag, meine Damen und Herren, und guten Morgen, liebe Studenten, ich begrüße Sie zum Mittagsmagazin …«

»Von wegen guten Morgen, wir arbeiten schon seit ein paar Stunden«, schimpfte Timea verärgert. »Mein Vater hat übrigens ähnliche Vorurteile über das Arbeitspensum eines Studenten«, sagte sie, während sie sich wieder setzte. »Ich habe ihm erzählt, dass wir uns im Rahmen unseres Studiums mit der Verfassung beschäftigen. Was glaubt ihr, was er geantwortet hat?« Die Studienfreunde schauten sie fragend an. »Mit eurer Verfassung wollt ihr euch jetzt beschäftigen? Habt ihr nichts Besseres zu tun? Bei eurem schönen Studentenleben, da müsst ihr doch in einer blendenden Verfassung sein.« Die Studenten wechselten gequälte Blicke. »Was ich mir manchmal anhören muss!« Sie ließ resigniert die Schultern sinken.

Was ist eine Verfassung?

»Aber die Verfassung, das ist ja das Stichwort für heute«, sagte Timea, nun schon wieder in einem ruhigeren Ton. »Justus, du hast doch das Thema vorbereitet. Was versteht man denn genau unter Verfassungsrecht?«

»Verwechselst du nicht etwas?«, erwiderte Justus spitz. »Ich soll doch die Fragen stellen, nicht du!« Timeas Wangen röteten sich leicht. Aber Justus bemerkte es nicht, weil er begann, in seinem Aktenkoffer herumzusuchen.

»Eine Verfassung ist doch ein Gesetz, das nur unter erschwerten Umständen abgeändert werden kann und wesentliche Regeln für das Funktionieren des Staates und das Verhältnis des Staates zu seinen Bürgern enthält«, erklärte Arne.

»Ach so, du meinst unser Grundgesetz«, sagte Holger eifrig.

»Genau! So wird die Verfassung für die Bundesrepublik Deutschland bezeichnet«, bestätigte Justus und hielt ein Taschenbuch mit dem Titel »Grundgesetz für die Bundesrepublik Deutschland« in die Höhe, das er aus seinem Koffer hervorgeholt hatte.

»Welche wesentlichen Regelungen finden sich im Grundgesetz?«, stellte Justus seine erste vorbereitete Frage und blickte zu Timo hinüber.

»Am Anfang des Grundgesetzes stehen die Grundrechte. Dann folgt mit Artikel 20 die wichtigste Vorschrift für die Organisation des Staates.«

»Welche Grundsätze sind denn im Artikel 20 des Grundgesetzes niedergelegt?«, fragte Justus.

Timea richtete sich ein wenig auf und zählte auf:

- »Die demokratische Staatsform und zugleich mit ihr die Volkssouveränität,
- die sog. mittelbare oder repräsentative Demokratie,
- die republikanische Staatsform,
- die Bundesstaatlichkeit,
- die Gewaltenteilung,
- die Verfassungsbindung sämtlicher Staatsgewalten sowie die Gesetzesbindung der vollziehenden und der rechtsprechenden Gewalt,
- darüber hinaus ganz allgemein die Rechtsstaatlichkeit,
- die Sozialstaatlichkeit.«

Timea nahm beim Aufzählen der Punkte ihre Finger zu Hilfe. Jetzt lagen nur noch der Ring- und der kleine Finger der rechten Hand abgebogen in ihrer Handfläche. Sie hatte nicht einen Augenblick gestockt, als sie ihre Antwort abspulte.

Holger schaute beeindruckt zu ihr hinüber. »Toll, wie du das drauf hast«, sagte er anerkennend. Arne hatte dabei das Gefühl, dass auch ein wenig Neid mitschwang.

»So toll ist das gar nicht«, widersprach Timea und schüttelte den Kopf. »Ehrlich gesagt habe ich das gestern mühevoll gepaukt. Aber diese abstrakten juristischen Begriffe sagen mir nichts. Ich befürchte, dass ich in wenigen Tagen alles wieder vergessen habe. Hoffentlich verstehen wir morgen nach der Vorlesung von Professor Westhagen mehr vom Verfassungsrecht. Übrigens, Holger, nimmst du auch an seinen Vorlesungen teil?«, wollte Timea wissen.

»Man hat wohl keine Wahl«, antwortete dieser zögerlich. »Ich halte aber nichts davon, dass er die Studenten einfach aufruft.« Er machte ärgerlich eine energische Handbewegung. Dabei erwischte er eine Wasserflasche, die auf dem Tisch stand. Sie fiel um und langsam floss das Wasser auf die ausgebreiteten Unterlagen zu. Holger sprang erschrocken auf. »Das tut mir leid, wie ungeschickt von mir«, entschuldigte er sich.

Arne ergriff die Flasche und stellte sie wieder auf. Timea kramte schnell ein paar Papiertaschentücher aus ihrer Tasche hervor und wischte das Wasser auf, bevor es die Unterlagen durchnässen konnte. »Entschuldigung«, wiederholte Holger noch einmal.

»Ist doch nicht so tragisch«, meinte Timo halb beschwichtigend, halb spöttisch. »Arne und Timea haben das Problem doch schnell beseitigt.«

Holger nahm die Flasche in die Hand und studierte das Etikett. »Das ist ja Vittel, ein schlichtes, billiges Wasser«, sagte er und schaute leicht angeekelt. »Ich finde, es schmeckt nach Plastik.« Arne und Timo schauten sich fragend an.

»Ich trinke San Pellegrino«, prahlte Justus.

Holger nickte zustimmend. »Ja, San Pellegrino, das hat Qualität. Habt ihr gesehen, Professor Westhagen trinkt Bon Aqua, das hat einen Geschmack wie Blech. Man meint es seiner Stimme anzumerken. Wenn ihr wollt, bringe ich zum nächsten Treffen San Pellegrino mit.«

»Das ist doch nicht nötig«, wehrte Timea ab.

»Es ist für mich ehrlich kein Problem«, blieb Holger beharrlich. »Ich komme doch mit dem Auto.«

Bevor die anderen etwas sagen konnten, antwortete Justus bereits: »Ja, San Pellegrino, das wäre doch etwas Belebendes für unsere Sitzungen. Es wäre schön, wenn du das Wasser mitbringst, falls du mit dem Auto kommst. Gehört dir etwa der blaue BMW, der unten auf dem Parkplatz steht? Der ist mir gleich aufgefallen, als ich herkam.«

»Ja, der gehört mir. Gefällt er dir?«, fragte Holger mit unüberhörbarem Stolz in der Stimme. »Ich lade dich gern zu einer Tour ein. Nach der Sitzung kann ich dich nach Hause fahren, wenn du willst.«

Die Regierungsform der unbeschränkten Fürstenmacht

Arne beobachtete, dass sich die Vorlesung von Professor Westhagen schnell in drei Gruppen aufteilte. Eine bestand aus den Studenten, die jeden Versuch aufgegeben hatten, sich aktiv am Unterrichtsgeschehen zu beteiligen. Sie hatten ihre vorbestimmten nummerierten Sitze verlassen und verloren sich auf den hinteren Plätzen. Da sie keinen Ehrgeiz verspürten, dem Unterricht zu folgen, unterhielten sie sich oder hingen ihren Träumen nach, während der Lernstoff vorgetragen wurde. Aber es war ein schlechter Friede, der nur deshalb möglich war, weil der Professor ihr Aufgeben hinnahm und niemanden aus dieser Gruppe aufforderte, sich am Thema zu beteiligen. Die zweite Gruppe waren die Studenten, die sich zwar nicht meldeten, aber den Versuch machten zu antworten, wenn sie aufgerufen wurden. Sie waren immer aufmerksam und lebten in ständiger Furcht, angesprochen zu werden. Die dritte Gruppe, die Elite, das waren die Freiwilligen. Sie meldeten sich, ohne dass sie direkt aufgefordert wurden, wenn es eine Frage zu beantworten galt. Sie waren nicht unbedingt klüger als die anderen, aber sie hatten mehr Mut. Sie machten sich keine Sorgen, aufgerufen zu werden. Ganz wenige aus dieser Gruppe hatten die Krone der Anerkennung erlangt: Der Professor kannte ihre Namen.

Arne wollte auf keinen Fall zur ersten Gruppe gehören. Den Mut der Kollegen aus der dritten Gruppe brachte er aber nicht auf. Er kämpfte mit sich und seinen Ängsten. Deshalb beantwortete er die Fragen des Professors still für sich und versuchte dabei schneller und besser zu sein als der Student, der gerade sprach. Er führte Buch über die Anzahl seiner Antworten, die mit den vom Professor gebilligten Äußerungen übereinstimmten. Allmählich wurden seine Erfolgszahlen besser und immer häufiger war er in der Lage, genau die Lösung zu finden, auf die der Professor mit seiner Frage abzielte.

Arne verfolgte dessen Ausführungen angespannt und mit größter Aufmerksamkeit. Jeden Augenblick könnte ihn ja eine seiner Fragen treffen. Er wollte sich auf keinen Fall wieder so blamieren wie bei der ersten Vorlesung.

Was ist der Absolutismus?

So hörte er konzentriert zu, als Professor Westhagen erläuterte: »Nach dem Dreißigjährigen Krieg, also nach dem Jahr 1648, setzte eine Entwicklung ein, im Laufe derer der König bzw. der Landesfürst Macht und Einfluss der Stände (Adel, Geistlichkeit, Bürgertum) allmählich ausschaltete. Der Monarch regierte absolut, das heißt, er brauchte sich für sein Handeln vor niemandem zu rechtfertigen, er stand über dem Gesetz.

Der König schaffte das Recht. Er konnte Steuern nach Belieben festsetzen, Kriege führen, die Wirtschaft kontrollieren, Einfuhr und Ausfuhr regeln, die Kunstrichtung vorschreiben, Verträge abschließen oder brechen und Urteile der Richter nach seinen Vorstellungen aufheben. Als uneingeschränkter Herrscher bestimmte der Monarch die Religion seiner Untertanen. ›Ein Fürst, ein Recht, ein Glaube‹ lautete der Grundsatz. Diese Art und Weise, ein Land zu verwalten und zu regieren, nennen wir unbeschränkte Fürstenherrschaft oder Absolutismus. Der Absolutismus bewirkte eine gewaltige Konzentration und Steigerung der Staatsgewalt.«

Professor Westhagen warf einen Blick auf seinen Sitzplan und richtete eine Frage an einen Studenten, der drei Reihen vor Arne saß. »Herr Blöcker, nennen Sie bitte den bekanntesten Vertreter des Absolutismus.«

Der Student zögerte ein wenig, aber dann kam die klare Antwort: »Das anschaulichste Beispiel absoluter Herrschaft ist der französische König Ludwig XIV., der sogenannte Sonnenkönig. ›L'Etat c'est moi‹, der Staat bin ich, soll er gesagt haben.«

Professor Westhagen nickte leicht. »Ja, unter Ludwig XIV. erlebte das absolutistische Regierungssystem seinen Höhepunkt. Die europäischen Könige und Landesfürsten ahmten den Herrschafts-, Kunst- und Lebensstil des Versailler Hofes nach. Jeder Fürst wollte wie Ludwig XIV. uneingeschränkt herrschen und ein kleiner Sonnenkönig sein. Hundertfach wurde er zum Vorbild genommen, sein Glanz aber nie erreicht. In Deutschland bildete sich keine zentrale, absolute Herrschaft heraus. Es entstanden aber viele kleine ›Versailles‹.«

Professor Westhagen schloss sein Manuskript und schaute auf seine goldene Uhr. »So weit für heute der erste Einstieg in die Zeit des Absolutismus. Ich erwarte, dass Sie sich für den nächsten Vorlesungstermin mithilfe der entsprechenden Geschichtsbücher näher mit dieser Zeit auseinandersetzen, damit wir uns dann intensiv mit den rechtlichen Aspekten befassen können.« Er nahm seine Unterlagen und verließ den Vorlesungssaal grußlos durch die Tür hinter dem Podium.

Hat der Absolutismus Vorteile?

Als der Professor den Saal verlassen hatte, stieg der Geräuschpegel beträchtlich an. Die Studenten strömten den Ausgängen zu. Timo, Arne und Timea schlossen ihre Kolleghefte und standen auf.

»Das ist ja ein schöner Zufall, dass ihr direkt vor mir sitzt«, sagte plötzlich eine bekannte Stimme. Die drei drehten sich um und entdeckten Holger, dem sie freundlich nacheinander die Hände reichten. »Ich finde, es vermittelt mehr Sicherheit, wenn man Menschen in der Nähe hat, die man kennt«, meinte Holger und hielt Timos Hand länger, als es üblich war. »Das gilt besonders bei Professor Westhagen, der strahlt so etwas Kühles, Unnahbares aus, findet ihr nicht?«

Arne nickte zustimmend. Die Studenten traten aus den Bankreihen in den Zwischengang, der zum Ausgang führte.

»Aber heute haben mir die Ausführungen gefallen«, fuhr Holger fort. »Im Absolutismus lag also alle Entscheidungsgewalt in einer Hand – wie praktisch. Der Gedanke ist mir irgendwie sympathisch. Da wussten die Leute damals gleich, wer zuständig war. Wenn man dagegen unseren komplizierten Staatsaufbau sieht ...« Holger schaute Timea, Arne und Timo der Reihe nach an. »Seid mal ehrlich! Selbst für uns Jurastudenten ist es doch schwierig, da durchzublicken. Wie soll es da erst dem sogenannten Otto Normalverbraucher gehen?«

Timo zog die Stirn in Falten. »Holger, ich habe das Gefühl, das ist zu einfach gedacht. Ich glaube nicht, dass es so ideal wäre, wenn alles von einer Person abhinge. Wir brauchen uns da ja nur die Katastrophe unserer jüngeren Geschichte in Erinnerung zu rufen.«

Holger ignorierte Timos Einwand, als wenn er ihn nicht gehört hätte. »Entscheidungen waren ja auch schneller möglich, wenn bei öffentlichen Fragen nicht eine Vielzahl von Gremien beteiligt werden musste«, fuhr er unbeirrt fort, seine Vorstellungen über die Vorzüge des Absolutismus auszubreiten.

Timo schüttelte den Kopf. »Ob es schneller ging, wenn bei allem und jedem immer der ›Boss‹ gefragt werden musste, wage ich zu bezweifeln.«

Die Jurastudenten stiegen langsam weiter die Stufen hinauf dem Ausgang entgegen. »Wir können uns ja bei unserer nächsten Sitzung intensiver über das Thema unterhalten«, schlug Timea vor. »Jetzt will ich aber noch in die Bibliothek.«

»Darf ich dich begleiten?«, fragte Holger.

»Ja klar«, stimmte sie zu und verabschiedete sich von Timo und Arne.

»Ich habe einen Vorschlag, Arne«, sagte Timo euphorisch, als die beiden Studienkollegen sich auf den Heimweg machten. »Wir sollten ›Cyberjur‹ wieder einen Besuch abstatten. Dort können wir mehr über die Zeit des Absolutismus erfahren und das trockene Bücherstudium bleibt uns erspart.«

Arne reagierte zögerlich. »Meinst du wirklich? Was ist, wenn wir erwischt werden? Das ist Hausfriedensbruch, was wir machen.«

»Wer sollte uns schon erwischen?«, fragte Timo und versuchte, die Bedenken zu zerstreuen. »Das Juridicum ist in der Nacht menschenleer. Und selbst im schlimmsten Fall: Wir nehmen ja nichts weg und zerstören nichts. Es ist die pure Wissbegierde, die uns treibt. Das muss doch berücksichtigt werden.«

»Gut, einverstanden, du hast mich überzeugt«, gab Arne seinen Widerstand auf. »Wann treffen wir uns?«

»Heute Abend gegen zehn Uhr im Studentenheim?«

»Alles klar!«

Das Drama um Elisa Göllner

Bei ihrem zweiten Besuch in der »Cyberjur«-Abteilung der juristischen Bibliothek benötigten Arne und Timo nur noch wenige Minuten, um den »Virtual-Reality-Simulator« zu starten. Nachdem sie sich die Helme aufgesetzt hatten, schauten sie wieder in die zwei kleinen Bildschirme, die direkt vor ihren Augen Bilder erzeugten. In der alten Bibliothek, die vor ihren Augen entstand, wählten sie den Gang, der mit »Rechtsgeschichte« überschrieben war. Arne ballte seine Hand und sofort formte sich eine graue Tastatur. Er tippte ein: Absolutismus in Deutschland. Der erste Eintrag lautete: »Am Hof des Fürsten von Hesen Wolfenstatt: Das Drama um Elisa Göllner«. Arne blickte kurz zu Timo hinüber, der zustimmend nickte. Er zeigte daraufhin mit seiner behandschuhten Hand auf den Eintrag.

Die beiden Studenten finden sich im prächtigen Treppenhaus eines Schlosses wieder. Zwei Treppenläufe steigen zunächst parallel auf und münden dann an einem Podest vor einem kleinen Vorsaal. Arne und Timo gehen langsam den rechten Aufgang hinauf. Als sie den Vorsaal erreichen, blicken sie auf die mit Blattgold verzierte Tür eines Nebenzimmers, die nur halb geschlossen ist.

Die verkauften Soldaten

Neugierig schauen die beiden in den Raum und entdecken dort zwei Personen, einen Mann und eine Frau.

Nach der Kleidung und seiner Haltung zu urteilen, scheint der Mann ein Kammerdiener zu sein. Er wendet sich gerade der Dame zu, die reich gekleidet ist, und übergibt ihr augenscheinlich wertvollen Schmuck. »Seine Durchlaucht, der Fürst, empfiehlt sich seiner Gräfin zu Gnaden und schickt Euch diese Brillanten. Sie kommen soeben erst aus Venedig.«

Die Gräfin öffnet das Schmuckkästchen und fährt überrascht zurück. »Guter Mann, was bezahlt dein Fürst für diese Steine?«

»Sie kosten ihn keinen Pfennig«, antwortet der Kammerdiener mit finsterem Gesicht.

»Was sagst du? Nichts?«, fragt die Gräfin ungläubig und weicht einen Schritt zurück. »Wie können ihn diese unermesslich kostbaren Steine nichts kosten?«

»Gestern sind siebentausend Menschen aus unserem Land nach Amerika fort. Die zahlen alles«, erklärt der Diener mit erstickter Stimme und fährt sich mit der Hand über das Gesicht.

»Was ist denn mit dir?«, fragt die Gräfin erschrocken und stellt das Kästchen mit dem Schmuck auf einen kleinen Beistelltisch. »Ich glaube gar, du weinst?«

Der Diener wischt sich die Augen, er zittert am ganzen Körper. »Edelsteine wie diese da! Ich habe auch ein paar Söhne darunter.«

»Die Soldaten sind doch nicht gezwungen worden, in den Kampf nach Amerika zu gehen?«, ruft die Gräfin entsetzt und nimmt die Hand des Kammerdieners.

»Was glaubt Ihr denn? Dass es lauter Freiwillige sind?«, lacht der Diener gequält und entzieht der Gräfin seine Hand. »Es traten zwar einige junge Leute vor die Front heraus und fragten den Obersten, wie viel Geld der Fürst für den Verkauf der Menschen bekäme, aber unser Fürst ließ alle Regimenter auf dem Paradeplatz aufmarschieren und die Unruhestifter niederschießen. Wir hörten die Büchsen knallen, sahen ihre Gehirne auf das Pflaster spritzen und die ganze Armee schrie: ›Juchhe, nach Amerika!‹«

»Mein Gott! Mein Gott!«, stößt die Gräfin kreidebleich hervor und sinkt auf ein nahe stehendes Sofa. »Und ich hab nichts gehört und nichts gemerkt.«

»Ja, gnädige Frau, warum musstet Ihr denn mit unserem Herrn gerade auf die Jagd reiten, als man die Landeskinder zusammentrieb? Wolltet Ihr nicht sehen, wie hier heulende Kinder ihre Väter verfolgten und dort eine wütende Mutter lief, ihr saugendes Kind an den Bajonetten aufzuspießen, und wie man Bräutigam und Braut mit Säbelhieben auseinanderriss? Wir Alten standen verzweifelt dabei und warfen den Burschen zuletzt noch die Krücken nach in die neue Welt.«

»Weg mit diesen Steinen, sie blitzen wie Höllenflammen in meinem Herz«, entrüstet sich die Gräfin, während sie vom Sofa aufsteht und einige Schritte auf und ab geht. Schließlich bleibt sie bei dem Kammerdiener stehen und sagt sanft: »Beruhige dich! Sie werden wiederkommen, sie werden ihr Vaterland wiedersehen!«

»Das weiß der Himmel! Das werden sie!«, antwortet der Kammerdiener. »Noch am Stadttor drehten sie sich um und schrien: ›Gott mit euch, Weib und Kinder. Es lebe unser Landesvater. Am Jüngsten Gericht sind wir wieder da!‹«

»Abscheulich! Fürchterlich! Schrecklich, schrecklich gehen mir die Augen auf«, stößt die Gräfin hervor und bedeckt ihr Gesicht mit den Händen. »Geh und sag deinem Herrn, ich werde ihm noch persönlich danken.«

Die Gräfin wirft dem Kammerdiener ihre Geldbörse in den Hut. Arne und Timo folgen ihr, als sie an dem Kammerdiener vorbei aus dem Zimmer stürzt. Plötzlich dreht sie sich noch einmal um und ruft dem Kammerdiener nach: »Und das Geld nimm, weil du mir die Wahrheit gesagt hast.«[17]

Die Staatsphilosophie des Absolutismus

Arne und Timo schauen schweigend der Gräfin nach, die die Treppe hinuntereilt. Sie werden aus ihren Gedanken gerissen, als ihnen von der rechten Seite zwei Personen entgegenkommen. Ein reich gekleideter Junge von vielleicht dreizehn Jahren wird von einem älteren Mann begleitet, der nach seinem Äußeren zu urteilen ein Priester ist. Dieser öffnet eine Tür und lässt dann dem Jungen den Vortritt. Neugierig folgen Arne und Timo den beiden. Der Junge setzt sich an einen kleinen, reich verzierten Schreibtisch und schaut den in eine dunkle Soutane gekleideten Geistlichen erwartungsvoll an.

»Königliche Hoheit«, spricht der Priester mit dunkler Stimme, »den Unterricht wollen wir heute mit einigen Wiederholungsfragen beginnen. Also: Woher leitet sich die Macht des Fürsten ab, die Ihr als Thronfolger einmal übernehmen werdet?«

Der junge Prinz überlegt ein wenig, dann antwortet er: »Die Fürsten handeln als Gottes Diener und Statthalter auf Erden.«

Der Priester nickt zustimmend. »Welche Folgen ergeben sich daraus?«

»Die Person des Fürsten ist geheiligt, wer sich an ihr vergreift, begeht ein Verbrechen«, antwortet der Junge selbstbewusst.

»Welche Folgerungen zieht Ihr daraus für die staatlichen Verhältnisse?«

[17] Nacherzählt nach Schiller, Kabale und Liebe, 2. Akt 2. Szene

»Die königliche Gewalt ist absolut«, sagt der Prinz, während er ein Blatt zur Hand nimmt und aufsteht. »Der ganze Staat ist in der Person des Fürsten verkörpert. Bei ihm liegt die Gewalt. In ihm ist der Wille des ganzen Volkes wirksam. Es gilt der Grundsatz: ›Princeps legibus solutus est‹, der Fürst ist an die Gesetze nicht gebunden«, führt er weiter aus und wirft, wie zur Bekräftigung seiner Ausführungen, das Blatt auf den Schreibtisch.

»Welche Verpflichtungen haben die Untertanen gegenüber dem König?«

Der Schüler schaut kurz auf die vor ihm liegenden Papiere, dann antwortet er: »Die Untertanen müssen dem Staat so dienen, wie es der Fürst verlangt, denn in ihm ist die Vernunft, die den Staat lenkt. Die dem Staat auf andere Weise zu dienen meinen als durch gehorsamen Dienst für den Herrscher, maßen sich selbst einen Teil der königlichen Autorität an. Der Fürst blickt von einem höheren und umfassenderen Standort aus; man darf darauf vertrauen, dass er weiter sieht, deshalb müssen die Untertanen ohne Murren gehorchen, denn ein Murren ist schon so viel wie eine Neigung zur Empörung. Die Herrschaft soll bei einem, der Gehorsam bei allen sein.«

»Königliche Hoheit, es erfreut mich, wie eifrig Ihr lernt und wie gut Ihr Euch bereits auf Eure zukünftige Rolle vorbereitet«, sagt der Priester und geht mit ausgebreiteten Armen auf den Prinzen zu.[18]

Timo schaut zu Arne hinüber und rollt mit den Augen, er deutet auf die Tür. Arne nickt. »Lass uns jetzt den Fürsten selbst besuchen«, schlägt Timo vor, nachdem sie den Unterrichtsraum verlassen haben.

»Gute Idee, aber wie sollen wir ihn finden?«, fragt

[18] Nacherzählt gemäß Textauszug von Jacques-Bénigne Bossuet, Geschichte in Quellen, S. 24 f

Arne und schaut sich hilfesuchend um. »Vielleicht kann uns Justitia helfen?«

»*Wer braucht Hilfe?*«, meldet sich die herbeischwebende Justitia.

»Kannst du uns zum Fürsten bringen?«, fragt Timo.

»*Ja, das ist möglich, der Fürst ist im Schloss. Folgt mir!*« Justitia führt die beiden weiter ins Innere des Schlosses. Vor einer reich verzierten Tür machen sie halt. »*Hier ist das Empfangszimmer des Fürsten. Er ist anwesend. Tretet ein!*«

Bittschriften von Bürgern

In dem verschwenderisch dekorierten Raum sitzt der Fürst an einem Arbeitstisch, der bedeckt ist mit Stapeln von Papier. Zur Verwunderung von Arne und Timo spricht er laut, obwohl er allein ist. »Klagen, nichts als Klagen! Bittschriften, immer nur Bittschriften! Diese traurigen Geschäfte – und da beneidet man mich noch«, schimpft er vor sich hin und schüttelt unwillig den Kopf. Die beiden Studenten nähern sich dem Landesherrn und werfen über seine Schultern hinweg einen Blick auf die an den Fürsten gerichteten Briefe.

Auf dem Papier, das der Fürst in den Händen hält, steht in kleinen, gleichmäßigen Buchstaben geschrieben:

… in Ew. Majestät Namen verlangt man von uns fortwährend Geld. Man macht uns Hoffnung, dass das ein Ende nehmen werde, aber es wird von Jahr zu Jahr ärger. Wir sind mit Steuern aller Art überhäuft. Es schmerzt uns sehr, dass die Reichen am wenigsten zahlen. Geistliche und Adlige, die die schönsten Güter besitzen, zahlen nichts. Sollte nicht jedermann nach seinen Verhältnissen besteuert werden?

»Ist doch immer dasselbe! Diese Geizkragen, nichts zahlen wollen sie für die großen Aufgaben unseres Staates«, nuschelt der Fürst ärgerlich vor sich hin und zieht die Stirn in Falten. »Wofür habe ich eigentlich meine Räte? Was legt man mir solche unverschämten Schreiben vor und stiehlt mir damit meine Zeit? Ich werde ein ernstes Wort mit dem Hofrat wechseln müssen.«
Er nimmt das nächste Schriftstück zur Hand.

… wir haben Ihnen schon auseinandergesetzt, wie das Wild unsere Ernten verwüstet. Sollen wir es ruhig ansehen, wie unsere Felder zerstört werden, so dass das Korn nicht einmal zur Reife kommt? Müssen wir es dulden, wenn durch die Verheerung des Wildes die Arbeit eines ganzen Jahres vernichtet wird; und alles nur, damit die gräflichen Herrschaften genug Hirsche, Rehe und Wildschweine für ihr Jagdvergnügen haben?[19]

»Unverschämt, was diese Untertanen sich anmaßen«, schimpft der Fürst laut und schlägt mit der flachen Hand auf den Tisch. Er steht hastig auf, geht zum offenen Kamin und wirft das Schreiben kurzerhand in die Flammen.

Langsam kehrt der Fürst zu seinem Arbeitsplatz zurück und liest den nächsten Brief. »Elisa? Eine Elisa?«, ruft er erfreut und springt auf. »Ach, aber eine Elisa Brunner, nicht Göllner.« Enttäuscht lässt er sich wieder auf den Stuhl fallen.[20] »Nicht Elisa Göllner. Was will sie, diese Elisa Brunner?«, fragt er und liest weiter. »Das sind große Wünsche. Aber was soll's, sie heißt Elisa. Sie seien ihr gewährt.« Der Fürst setzt schwungvoll seine Signatur unter die Bittschrift.

[19] Engelmann, Wir Untertanen, S. 191 ff.
[20] Nacherzählt nach Lessing, Emilia Galotti.

Bedächtig legt er die Feder zu Seite. Sein Blick schweift in die Ferne. »Ach, wenn ich sie nur wiedersehen könnte, meine Elisa Göllner«, sagt er leise vor sich hin und öffnet eine Schublade auf der rechten Seite des Schreibtisches. Er holt ein Buch hervor, auf dessen Einband das Wort »Tagebuch« zu lesen ist. Der Fürst schreibt:

Dieses Auge voll Liebreiz und Bescheidenheit! Dieser Mund! Und wenn er sich zum Reden öffnet! Wenn er lächelt! Dieser Mund! Gestern war ich in der Kirche der Dominikaner. In einer der hinteren Bänke sah ich sie, meine Elisa Göllner. Dicht hinter ihr nahm ich meinen Platz. Ich näherte mich ihrem Ohr und seufzte: »Elisa, du bist von so großer Schönheit. Ich liebe dich. Erhöre mein Flehen, mein Engel.« Nach einer Weile erst drehte sich Elisa um. Der Schreck stand ihr ins Gesicht geschrieben, als sie mich erblickte. Welch ein Unglück! Elisa floh. Ich eilte ihr nach, und in der Halle ergriff ich ihre Hand. Sie hielt ganz still. Ich öffnete wiederum mein Herz und zeigte ihr meine grenzenlose Liebe. Was hat das zu bedeuten? Elisa war still, blass. Plötzlich lief sie davon.

Verhinderung einer Hochzeit

Der Fürst blickt auf, als es an der Tür klopft, und legt sein Tagebuch zur Seite. »Herein!« Ein Mann im mittleren Alter, reich gekleidet, tritt ein. »Das ist schön, dass Ihr kommt, Marinus«, begrüßt ihn der Fürst. »Was haben wir Neues?«

»Nichts von Bedeutung«, antwortet Marinus, »aber die Gräfin ist gestern in die Stadt gekommen. Hat sie Euch noch nicht ihre Aufwartung gemacht?«

»Nein«, antwortet der Fürst kalt. »Ich habe sie noch nicht gesehen, aber das ist so tragisch nicht. Ich muss das Verhältnis mit ihr wegen meiner Vermählung mit der Prinzessin unseres Nachbarlandes fürs Erste abbrechen.«

Marinus runzelt die Stirn. »Die Gräfin wird fragen, warum Ihr das Verhältnis beenden müsst. Gut, Ihr werdet heiraten, aber doch nicht aus Liebe, sondern aus politischen Gründen, um Eure Macht zu vergrößern. Neben solch einer Gemahlin hat die Geliebte immer noch ihren Platz. Die Gräfin wird nicht befürchten, wegen Eurer Heirat gehen zu müssen, sondern allenfalls wegen …«

»Einer neuen Geliebten«, unterbricht ihn der Fürst. »Nun denn? Wollt Ihr mir deshalb Vorhaltungen machen, Marinus? Ihr habt schon richtig beobachtet. Meine teure Gräfin. Nun ja, ich habe sie zu lieben geglaubt! Was glaubt man nicht alles? Kann sein, dass ich sie auch wirklich geliebt habe. Aber – ich habe! Ich habe ihr ein teures Abschiedsgeschenk gemacht. Doch nun genug von ihr! Geht denn gar nichts vor in der Stadt?«

»So gut wie nichts«, antwortet Marinus und zögert ein wenig. »Außer, dass Graf von Anweihl heute heiraten wird.«

»Und wen wird der Graf heiraten?«, fragt der Fürst gelangweilt und schaut dabei durch das große Fenster in den Park.

»Die Sache ist sehr geheim gehalten worden. Er ehelicht ein Mädchen ohne Vermögen und ohne Rang. Sie hat es geschafft, ihn in ihren Bann zu ziehen.«

»Nun nennt mir schon den Namen der Angebeteten, der er dieses große Opfer bringen will«, erkundigt sich der Fürst ungeduldig.

»Es ist eine gewisse Elisa Göllner.«

»Wie, Marinus?«, ruft der Fürst laut und dreht sich ruckartig um. »Eine … Elisa Göllner?« Erst ungläubig, dann erschrocken schaut der Fürst Marinus an. »Elisa Göllner? Nimmermehr!«

»Ich bin absolut sicher, mein Fürst. Die Trauung findet in aller Stille auf dem Landgut des Vaters statt. Heute fahren die Familie, der Graf und vielleicht ein paar Freunde dort hin.«

»So bin ich verloren! So will ich nicht leben!«, stöhnt der Fürst verzweifelt und fällt auf seinen Stuhl.

»Was ist Euch denn, gnädiger Herr?« Marinus schaut den Fürsten überrascht an.

»Was mir ist?«, bricht es aus dem Fürsten hervor. »Nun ja, ich liebe sie, ich bete sie an! Habt Ihr das nicht längst gewusst? Rettet mich, wenn Ihr könnt.«

»Da lässt sich doch sicher noch was machen! Wenn Ihr verpasst haben, Elisa Göllner Eure Liebe zu bekennen, dann bekennt diese nun einfach der Gräfin von Anweihl«, schlägt Marinus listig vor und seine Augen verkleinern sich zu schmalen Schlitzen. »Waren, die man aus der ersten Hand nicht haben kann, kauft man aus der zweiten.«

»Werdet nicht unverschämt!«, fährt der Fürst ihn ärgerlich an. »Aber was würdet Ihr tun, Marinus, wenn Ihr an meiner Stelle wärt?«

»Wollt Ihr mir freie Hand lassen, Fürst?«, antwortet Marinus nach kurzer Überlegung. »Werdet Ihr alles genehmigen, was ich unternehme?«

»Alles, Marinus, alles, was diese Hochzeit abwenden kann.«

»Wenn wir die Braut in unserer Gewalt hätten, so bin ich sicher, dass aus der Hochzeit nichts werden würde«, sagt Marinus zögernd.

»Soll ich Euch etwa ein Kommando von meiner Leibwache geben?«, fragt der Fürst entrüstet und wirft Marinus einen ärgerlichen Blick zu. »Sollen sie sich vielleicht an der Landstraße in einen Hinterhalt legen und über den Wagen herfallen, um mir dann das Mädchen im Triumph zuzuführen?«

»Es ist schon manches Mädchen gewaltsam entführt worden, ohne dass es einer Entführung ähnlich gesehen hätte«, antwortet Marinus leise und geht einen Schritt auf den Fürsten zu. »Ich beauftrage Leute, denen ich vertrauen kann. Der Weg, den die Hochzeitsgesellschaft nehmen wird, führt direkt am Tiergarten und am Schloss vorbei. Dort wird ein Teil der Gruppe den Wagen anfallen, so als ob er geplündert werden solle, ein anderer Teil wird aus dem Tiergarten gestürzt kommen, um den Überfallenen gleichsam zu Hilfe zu eilen. Während des vorgetäuschten Handgemenges wird mein Diener Elisa ergreifen, als ob er sie retten wolle, und durch den Tiergarten ins Schloss bringen.«

»Marinus, Ihr überrascht mich«, bemerkt der Fürst und mustert ihn ernst. »Aber so könnte es gelingen. Beeilt Euch und seht zu, dass alles ohne Probleme vonstatten geht. Ruft jetzt den Hofrat herein!«

Die Schattenseiten der unbeschränkten Fürstenherrschaft

Arne und Timo beobachten den Fürsten, der im Zimmer unruhig auf und ab geht. Hin und wieder bleibt er stehen und schaut zum Fenster hinaus. Ein lautes Klopfen an der Tür schreckt ihn aus seinen Gedanken. »Herein, herein!«, ruft er laut.

Zwei Männer im mittleren Alter betreten den Raum und verbeugen sich.

»Das ist der Hofrat, und der Mann, der die Aktenmappe trägt, ist sein Schreiber«, erklärt Justitia den beiden Studenten.

»Hat Er einen arbeitsamen Tag gehabt?«, spricht der Fürst den Hofrat an und ignoriert dabei den Schreiber. Der Hofrat setzt zu einer Antwort an, aber der Fürst spricht gleich weiter. »Ich habe es heute sehr eilig, lass Er uns ohne Umschweife mit dem Geschäftlichen beginnen. Wie steht es also mit dem Bau unseres neuen, repräsentativen Schlosses? Ich will, dass Er die feinsten Materialien beschafft, die fähigsten Handwerker, die größten Architekten, Künstler, Bildhauer und Gärtner beauftragt. Mein Schloss soll sich mit Versailles messen können.«

Der Hofrat wiegt den Kopf. »Technisch gibt es nicht viele Probleme, mein Fürst, aber die finanzielle Seite sieht umso schlechter aus. Wir haben die Ausgaben nicht mehr unter Kontrolle und die Staatseinnahmen nehmen ab.«

»Zahlt denn der englische König nicht genug für die Überstellung unserer Soldaten?«, fragt der Fürst ungehalten.

»Der Preis ist nicht schlecht«, antwortet der Hofrat. »Aber es reicht einfach nicht. Darf ich mir auch einen Hinweis erlauben? Es entsteht Unruhe im Volk wegen der Zwangsrekrutierungen.[21] Eure Hoheit hatten doch zugesagt, keine Landeskinder als Soldaten ins Ausland zu verkaufen. Euer Verhalten wird als unchristlich bezeichnet. Und in der Bibel ist ausgeführt ...«

»Was interessiert mich die Bibel?«, unterbricht der Fürst barsch. Nehme Er das Buch mit dem dunklen Einband aus dem Regal und schlage es an der Stelle auf, die durch ein Lesezeichen gekennzeichnet ist. Und nun lese Er vor!«

Der Hofrat zögert einen Augenblick, dann tut er wie angeordnet. Langsam und stockend liest er vor:

[21] Engelmann, Wir Untertanen, S. 162 ff.

»Inwiefern die Fürsten ihr Wort halten sollen.

Ein kluger Herrscher kann und soll daher sein Wort nicht halten, wenn ihm dies zum Schaden gereicht und die Gründe, aus denen er es gab, hinfällig geworden sind. Wären alle Menschen gut, so wäre dieser Rat nichts wert; da sie aber nicht viel taugen und ihr Wort gegen dich brechen, so brauchst du es ihnen auch nicht zu halten. Auch wird es einem Fürsten nie an guten Gründen fehlen, um seinen Wortbruch zu beschönigen …

Freilich ist es nötig, dass man diese Natur geschickt zu verhehlen versteht und in der Verstellung und Falschheit ein Meister ist. Denn die Menschen sind so einfältig und gehorchen so sehr dem Eindruck des Augenblicks, dass der, welcher sie hintergeht, stets solche findet, die sich betrügen lassen.«[22]

»Merke Er sich das!«, fährt der Fürst den Hofrat scharf an. »Der ›Machiavelli‹ ist meine Bibel. Nehme Er das Buch mit und studiere Er es intensiv. Mir scheint, Er könnte noch manches über die Kunst des Regierens aus dem vorzüglichen Werk lernen.«

»Darf ich mir trotzdem erlauben, darauf hinzuweisen, dass ein Bürger namens Schubart viel Zulauf hat. Er äußert sich in aller Öffentlichkeit abfällig darüber, dass deutsche Männer als Schlachtopfer für fremde Kriegsherren ins Feld ziehen müssen«, sagt der Hofrat und lässt sich nicht vom Thema des Verkaufs der Soldaten abbringen.

»Wieso erlaubt sich dieser Untertan, in Staatsdingen, von denen er als Bürger nichts versteht, seine Meinung herauszuposaunen?«, stellt der Fürst ungehalten fest. »Was zögert Er? Lasse Er ihn inhaftieren – aber bitte

---

[22] Machiavelli, Der Fürst, S. 86 f.

schön ohne Gerichtsverfahren. Ein öffentliches Verfahren würde nur die Aufregung zusätzlich schüren.«[23] Dann forscht der Fürst weiter nach: »Wie steht es mit neuen Steuererhebungen, wenn der Erlös aus dem Verkauf der Soldaten nicht reicht?«

Der Hofrat senkt den Kopf. »In manchen Landesteilen haben wir Hungersnöte, da ist die Steuerkraft gering«, sagt er leise. »Außerdem verschlingt unser Heer große Summen.«

»Lasse Er sich etwas einfallen!«, fährt der Fürst den Hofrat zusehends ungehaltener an. »Wofür bezahle ich Ihn? Strenge Er sich gefälligst an! Wie wäre es, wenn Er noch mehr Manufakturen[24] einrichtete?«

»Darf ich einen Einwand vorbringen«, sagt der Hofrat zögerlich. »Das Porzellan und die Gläser unserer Manufakturen werden nicht gekauft, es kommen preiswertere Waren aus dem Ausland ins Land.«

»Hat Er denn überhaupt keine Phantasie?«, ereifert sich der Fürst. »Sorge Er gefälligst dafür, dass unsere Waren mithalten können. Auf die Einfuhr von Porzellan und Gläsern werden ab sofort Zölle erhoben. Es kommen nur noch Rohstoffe ins Land. Fertigwaren können wir gefälligst selbst herstellen. Und warum können die im Ausland billiger produzieren? Sind etwa die Arbeitseinkommen bei uns zu hoch? Ergreift alle arbeitsfähigen Bettler und Trunkenbolde, die von Schänke zu Schänke ziehen, alle

[23] Christian Friedrich Schubart, Herausgeber der Zeitschrift »Teutsche Chronik«, wurde 1777 auf Befehl des Herzogs Karl Eugen von Württemberg ohne Gerichtsurteil mehr als zehn Jahre inhaftiert.

[24] Ein vorindustrieller Großbetrieb (mindestens zehn Arbeiter), der auf der Basis der Arbeitsteilung mit Lohnarbeitern (z. T. auch Armen- und Waisenhäusern) Massenware, besonders Textilien, Porzellan etc., herstellt.

Müßiggänger, und steckt sie in die Zwangsarbeitshäuser, die den Manufakturen angegliedert sind!«

Schweigend macht sich der Hofrat einige Notizen und nimmt dann seinem Schreiber, der ihm ein Schriftstück aus der Aktenmappe überreicht, das Blatt ab. »Hier habe ich noch einen Brief von Bürgern eines Dorfes. Sie schreiben:

> *Es gibt so viele Missstände im Land. Wir fordern deshalb:*
>
> *1. dass alle Steuern von den drei Ständen ohne irgendwelche Ausnahme gezahlt werden, von jedem Stand gemäß seinen Kräften*
> *2. das gleiche Gesetz und Recht im ganzen Königreich*
> *3. die Abgabefreiheit aller Messen und Märkte und die Abschaffung aller Wegegelder*
> *4. die völlige Beseitigung der Zehnten, die wir an die Kirche entrichten müssen*
> *5. dass alle Frondienste, also die unentgeltlichen Zwangsarbeiten, welcher Art sie auch sein mögen, beseitigt werden.*[25]«

»Was für ein Unsinn«, ereifert sich der Fürst. »Was belästigt Er mich mit solchen Torheiten? Wollen diese Unruhestifter jegliche natürliche Ordnung beseitigen? Sie wissen es nicht besser, diese Dummköpfe. Die Garantie der persönlichen Steuerfreiheit und die Auszeichnungen, die der Adel zu allen Zeiten genossen hat, sind Eigenschaften, die diesen besonders hervorheben und die nur dann angegriffen und zerstört werden können, wenn die Auflösung der allgemeinen Ordnung erstrebt wird. Werfe Er das Schreiben in den Kamin!«

[25] Beschwerdebrief des Dorfes Guyancourt 1789, zitiert nach Hartig, Die Französische Revolution, S. 13.

Langsam folgt der Angesprochene der Aufforderung des Fürsten. Das Papier fängt schnell Feuer. Der Hofrat betrachtet nachdenklich die zerstörerische Kraft der Flammen. Sein Gesicht verfinstert sich. Dabei bemerkt er nicht, dass der Fürst unruhig hin und her geht.

»Was träumt Er denn?«, reißt der Fürst ihn aus seinen Gedanken. »Sind wir jetzt endlich fertig? Oder gibt es noch etwas zu unterschreiben?«

»Ein Todesurteil wäre zu unterschreiben«, antwortet der Rat.

»Recht gern. Nur her! Geschwind!«

Der Hofrat stutzt, starrt den Fürsten an. »Ich sagte, ein Todesurteil!«

»Ja, ich bin doch nicht taub. Es könnte schon erledigt sein. Ich habe es eilig.«

»Verzeiht, gnädiger Herr, wir haben das Schriftstück leider vergessen! Es hat aber auch Zeit bis morgen.«

»Nun dann«, entgegnet der Fürst unwirsch. »Ich empfehle mich, ich muss fort.« Er eilt schnellen Schrittes davon.

»Das Urteil ist doch hier bei den Unterlagen«, meint der Schreiber verwundert und hält dem Hofrat die Tür auf. »Warum habt Ihr es nicht vorgelegt?«

Der Rat schüttelt den Kopf und tritt langsam auf den Gang hinaus. »Habt Ihr das gehört? ›Recht gern!‹, hat er gesagt. Ein Todesurteil. Recht gern! Ich konnte es ihm in diesem Augenblick nicht zur Unterschrift vorlegen, und wenn es den Mörder meines einzigen Sohnes betroffen hätte. Es geht mir durch die Seele, dieses grässliche ›Recht gern!‹«, bricht es aus ihm hervor und er sieht dem Fürsten, der in diesem Moment am Ende des Ganges eine Tür öffnet, missgelaunt nach.

Der Überfall

Arne und Timo beeilen sich, um den Fürsten nicht aus den Augen zu verlieren. Sie kommen noch rechtzeitig, um mit ihm einen repräsentativen Raum zu betreten. Ihr Blick fällt auf die großen Fenster an der Längsseite, die die Sicht in den Tiergarten freigeben. Vor einem der Fenster wartet bereits Marinus.

»Der Überfall ist vorbei. Dort fährt der Wagen zur Stadt zurück«, empfängt Marinus den Fürsten.

»So langsam, und in jeder Wagentür ein Diener! Was hat das zu bedeuten?« Der Fürst ist äußerst beunruhigt und nervös. »Das sind Anzeichen, die mir nicht gefallen. Es könnte bedeuten, dass der Streich nur halb gelungen ist, dass man einen Verwundeten zurückfährt.«

Marinus setzt zu einer Antwort an, wird aber durch ein lautes Klopfen an der Tür unterbrochen. »Herein!«, ruft er, ohne die Frage des Fürsten zu beantworten. Ein großer, breitschultriger Mann, der eine Pistole am Gürtel trägt, betritt den Raum. »Hagen, berichte Er! Wie lief es?«, fordert Marinus den Mann zum Sprechen auf.

»Recht gut, denke ich«, antwortet der Hinzugekommene und macht eine Verbeugung in Richtung des Fürsten.

»Und wie steht es mit dem Grafen von Anweihl?«, fragt dieser erregt.

»Er muss Wind von der Sache bekommen haben, denn er war nicht ganz unvorbereitet. Es kam zum Kampf. Er ist tot.«

»Es sollte doch ohne Gewalt ablaufen«, stellt der Fürst sachlich und ohne ein Zeichen der Anteilnahme fest.

»Es wäre auch nicht zu größeren Kampfhandlungen gekommen, wenn nicht der Graf damit begonnen hätte«, versucht sich Hagen zu rechtfertigen.

»Nun gut, nun gut«, meint der Fürst. »Sein Tod war

bloßer Zufall. Und ich sehe es Euch an, Marinus, dass Ihr der Meinung seid, der Tod des Grafen sei für mich ein großes Glück. Ein Glück, das meiner Liebe entgegenkommt. Geht jetzt!«, befiehlt er den beiden Männern und schaut dabei angestrengt aus dem Fenster. »Dort kommt sie, dort kommt Elisa die Allee herauf«, sagt er plötzlich erregt und winkt Marinus wieder herbei. »Schaut nur! Baptist, Euer Diener, begleitet sie. Die Furcht beflügelt ihre Füße, scheint mir. Sie ist ohne Argwohn und glaubt sich nur vor Räubern gerettet. Aber wie lange kann das dauern? Jetzt wird sie gleich hier sein! Ich habe schon einmal den Versuch gemacht, sie anzusprechen. Ob es klug ist, wenn ich sie gleich empfange? Marinus, Ihr müsst Euch ihrer annehmen! Ich will hier in der Nähe bleiben und zuhören. Ich werde sie im gegebenen Moment begrüßen, wenn ich mich etwas gesammelt habe«, sagt der Fürst aufgewühlt und eilt überstürzt davon.

Marinus lässt einen Augenblick verstreichen, dann öffnet er die Glastür zum Tiergarten und wartet hinter einer Säule.

»Nur hier herein, gnädiges Fräulein«, hören Arne und Timo den Diener Baptist sprechen.

»Meinen allerherzlichsten Dank, mein Freund, ich danke Euch«, sagt Elisa ganz außer Atem und blickt sich um. »Aber, oh Gott, wo bin ich nur? Wo bleibt meine Mutter, wo bleibt der Graf? Sie kommen doch nach, oder?«

»Ich vermute«, antwortet der Diener vage und lässt die Braut eintreten.

»Ihr vermutet nur? Ihr wisst es nicht? Wurde nicht sogar hinter uns geschossen?«, fragt Elisa ängstlich und schreckt zusammen, als plötzlich Marinus hinter der Säule auftaucht.

»Ah, gnädiges Fräulein«, begrüßt er Elisa mit aufgesetztem Lächeln. »Was für ein Unglück oder vielmehr was für ein Glück – was für ein glückliches Unglück verschafft uns die Ehre?«

»Verzeiht, Herr Kammerherr«, antwortet Elisa und macht einen schnellen Hofknicks vor Marinus. »Wir sind von Räubern überfallen worden. Da kamen uns gute Leute zu Hilfe und dieser ehrliche Mann hob mich aus dem Wagen und brachte mich hierher. Aber ich erschrecke, mich allein gerettet zu sehen. Meine Mutter ist noch in Gefahr. Hinter uns wurde sogar geschossen. Sie ist vielleicht tot und ich lebe. Verzeiht, ich muss fort, ich muss wieder hin, wo ich gleich hätte bleiben sollen!«

»So beruhigt Euch doch!«, antwortet Marinus und verstellt Elisa den Ausgang zum Garten. »Es steht alles gut. Sie werden bald bei Euch sein, die geliebten Personen, für die Ihr so viel zärtliche Angst empfindet. Baptist, geht und schaut nach!«, befiehlt er dem Diener. Dann wendet er sich wieder an Elisa und fährt mit sanfter Stimme fort: »Erholt Euch hier, wo mehr Bequemlichkeit ist. Ich wette, der Fürst kümmert sich schon selbst um Eure Mutter.«

»Wer, sagt Ihr?«, fragt Elisa mit weit aufgerissenen Augen. »Der Fürst persönlich?«

»Ja, der Fürst. Er ist sehr zornig, dass ein solches Verbrechen so nahe unter seinen Augen geschieht. Er lässt die Täter verfolgen, und ihre Strafe, wenn sie ergriffen werden, wird hart sein.«

»Ich bin also im Schloss des Fürsten«, erkennt Elisa beunruhigt. »Gibt es solche Zufälle? Und Ihr glaubt, dass er gleich hier erscheinen könnte?«

»Hier ist er schon!«, ruft der Fürst und kommt mit ausgebreiteten Armen auf Elisa zu. »Liebes Fräulein, wir suchen Euch überall. Ihr seid doch wohlauf?«

»Ach, gnädiger Herr, wo ist der Graf, wo ist meine Mutter?«, fragt Elisa verzweifelt.

»Nicht weit, ganz in der Nähe. Kommt, bestes Fräulein, gebt mir Euren Arm und folgt mir!«

Aber Elisa weicht, statt auf den Fürsten zuzugehen, beunruhigt einen Schritt zurück. »Wenn ihnen nichts zugestoßen ist, warum sind sie dann nicht schon hier, gnädiger Herr?«

»So kommt doch, mein Fräulein, alle diese Schreckensbilder werden auf einen Schlag vergessen sein.«

»Was soll ich nur tun?«, fragt die zunehmend verzweifelte Elisa händeringend.

»Wie, meine liebe Elisa, solltet Ihr einen Verdacht gegen mich hegen?«, forscht der Fürst mit gespielter Entrüstung. »Ich bin äußerst beschämt. Ihr habt ja recht, mein Betragen gestern ist nicht zu rechtfertigen, zu entschuldigen höchstens. Verzeiht meine Schwachheit. Ich hätte Euch nicht mit meinem Geständnis beunruhigen dürfen. Aber nun kommt, mein Fräulein, kommt, damit ich Euch Eure Sorgen nehmen kann.« Der Fürst greift nach Elisas Arm und führt die verzweifelte Braut aus dem Raum, ohne dass sie noch Widerstand leisten kann.

Die Gräfin erkennt die Wahrheit

Als der Fürst und Elisa den Raum verlassen, sind Arne und Timo einen Augenblick unschlüssig, wohin sie sich wenden sollen. Da betritt die Gräfin, der sie schon begegnet sind, das Zimmer. Suchend blickt sie umher. »Was ist das, niemand kommt mir entgegen? Außer ein Unverschämter, der mir lieber ganz den Eintritt verweigert hätte«, spricht sie mit Verachtung in der Stimme, als ihr Blick plötzlich auf Marinus fällt. »Wo ist der Fürst?

Ich will nicht lange im Vorgemach warten. Meldet mich dem Fürsten, Marinus!«

»Das kann ich nicht tun, gnädige Gräfin, der Fürst erwartet Euch nicht«, windet sich Marinus. »Der Fürst kann Euch hier nicht sprechen, will Euch nicht sprechen.«

»Er will mich nicht sprechen? Ich ahne es, er liebt mich nicht mehr«, seufzt die Gräfin verzweifelt und lässt sich auf das hinter ihr stehende Sofa sinken. »Das wird mir immer klarer. An die Stelle der Liebe trat etwas anderes in seine Seele.

Und trotzdem, Marinus«, fasst sie sich und steht wieder auf. »Sorgt dafür, dass ich ihn bald spreche, den Fürsten.«

»Der Fürst, liebe Gräfin, ist nicht allein. Es sind Personen bei ihm, die eben einer großen Gefahr entgangen sind. Der Graf von Anweihl …«

»Das ist eine Lüge«, unterbricht die Gräfin. »Der Graf von Anweihl ist eben von Räubern erschossen worden. Der Wagen mit seinem Leichnam begegnete mir kurz vor der Stadt.«

Marinus schüttelt den Kopf. »Aber die anderen, die mit dem Grafen waren, haben sich glücklich hierher ins Schloss gerettet – seine Braut nämlich und die Mutter der Braut.«

»Wer ist sie denn, diese Braut?«, fragt die Gräfin argwöhnisch. »Kenne ich sie vielleicht?«

»Es ist Elisa Göllner«, antwortet Marinus zögernd.

»Wer? Elisa Göllner!«, ruft die Gräfin mit so hoher, schriller Stimme, dass Marinus sich veranlasst sieht, einen Schritt zurückzuweichen. »Der Fürst tröstet Elisa Göllner, und der eben erschossene Graf von Anweihl war ihr Bräutigam?«

»Ja, so ist es«, antwortet Marinus.

»Bravo, bravo, bravo«, kreischt die Gräfin und klatscht in die Hände.

»Was habt Ihr?«, fragt Marinus.

»Und Ihr seid nicht beteiligt an dieser Geschichte?«, fragt die Gräfin und blickt Marinus direkt in die Augen.

»Ihr erschreckt mich, Gräfin«, reagiert Marinus entsetzt und versucht, ihrem Blick auszuweichen.

»Kommt her! Ich will Euch etwas sagen«, flüstert die Gräfin, aber Marinus weicht einen Schritt zurück. »Der Fürst ist ein Mörder«, schreit sie daraufhin laut durch den ganzen Saal.

Marinus schaut mit einem äußerst besorgten Gesichtsausdruck um sich. »Meine liebe Gräfin, seid Ihr ganz von Sinnen?«

»Den Grafen von Anweihl, den haben nicht Räuber, den haben Helfer des Fürsten, den hat der Fürst umgebracht«, ruft die Gräfin und fasst sich an den Hals. »Mit dieser Elisa Göllner, deren Bräutigam so schnell hat verschwinden müssen, mit dieser Dame hat der Fürst gestern in der Kirche der Dominikaner gesprochen. Das weiß ich, denn meine Kundschafter haben es gesehen. Sie haben auch gehört, was er mit ihr gesprochen hat. Nun, Ihr Verschwörer, bin ich von Sinnen? Ich reime nur zusammen, was zusammengehört.«

»Gräfin, Gräfin«, warnt Marinus und hebt beschwichtigend seine Hände. »Ihr werdet Euch um Euren Hals reden.«

»Wenn ich die Wahrheit sage? Desto besser! Morgen will ich es auf dem Markte ausrufen, und wer mir widerspricht, das ist der Spießgeselle des Mörders. Lebt wohl.«

Als die Gräfin sich zur Tür wendet, stürzt ein Offizier in den Raum. Er eilt auf Marinus zu. »Verzeiht, dass ich so unangemeldet hereinplatze. Man sagte mir, meine Frau und meine Tochter befänden sich hier im Schloss. Ein Diener des Fürsten brachte mir Nachricht, dass die Meinigen in Gefahr seien. Ich eile herzu und höre, dass der Graf von Anweihl verwundet und in die Stadt zurückgekehrt ist und meine Frau und Tochter gerettet wurden. Wo sind sie, mein Herr?«

»Beruhigt Euch!«, besänftigt Marinus und blickt dabei besorgt zur Gräfin hinüber. »Eurer Gemahlin und Eurer Tochter ist nichts Übles widerfahren, den Schrecken ausgenommen. Sie sind beim Fürsten. Ich gehe sogleich, Euch zu melden. Gnädigste, kann ich Euch vorher noch zu Eurem Wagen geleiten?«, fragt er die Gräfin.

»Nicht doch, nicht doch«, wehrt diese ab. »Geht nur, meldet den Vater!«

Marinus geht zögernd auf die Tür zu, bleibt dann aber doch stehen. Schließlich tritt er näher an den Offizier heran und flüstert ihm zu: »Mein Herr, ich muss Euch hier mit einer Dame lassen, deren Verstand nicht richtig funktioniert.« Dabei macht er eine entsprechende Handbewegung und tritt noch näher heran. »Sie ist nicht ganz richtig im Kopf. Ich sage dieses, damit Ihr wisst, was Ihr auf ihre Reden geben könnt.«

»Ist schon gut«, antwortet der Vater. »Eilt nur und meldet mich.«

Die Gräfin öffnet Elisas Vater die Augen

Kaum hat Marinus den Raum verlassen, spricht die Gräfin den Vater an: »Es tut mir leid, Euch aufklären zu müssen, aber Graf von Anweihl ist nicht verwundet, nein, er ist tot.«

»Tot?«, fragt der Offizier entsetzt und sinkt auf einen Stuhl. »Ihr brecht mir das Herz.«

»Der Bräutigam ist tot«, bestätigt die Gräfin. »Und die Braut, Eure Tochter, ist schlimmer dran als tot.«

»Schlimmer als tot? Was könnte schlimmer sein als der Tod?«

»Oh, sie lebt, sie wird nun erst richtig anfangen zu leben! Ein Leben voller Wonne! Das schönste, lustigste Schlaraffenleben – solange es dauert.«

»Wollt Ihr mich um den Verstand bringen?«, fragt der Vater und schaut die Gräfin entsetzt an. »Warum verspritzt Ihr hier Euer Gift?«

»Vor zwei Tagen sprach der Fürst Eure Tochter während der Messe an und jetzt, kurz darauf, hat er sie in seinem Lustschloss.«

»Was, meine Tochter und der Fürst trafen sich in der Kirche?«

»Ja, sie hatten Geheimes zu besprechen. Seht Ihr, es war doch kein gewaltsamer Überfall, sondern bloß ein kleiner ... Meuchelmord.«

»Verleumdung! Verdammte Verleumdung!«, bricht es aus dem Vater hervor. »Ich kenne meine Tochter! Ist es Meuchelmord, so ist es auch Entführung.« Wild blickt er um sich, er kann sich kaum beherrschen. Er greift an seinen Gürtel. »Da stehe ich nun vor der Höhle des Löwen und habe nichts, gar nichts dabei.«

»Ha, ich verstehe«, meint die Gräfin. »Da kann ich aushelfen.« Sie zieht einen Dolch hervor. »Hier, nehmt den, geschwind, ehe uns jemand sieht.«

»Ich danke Euch, meine Liebe. Wer noch einmal behauptet, dass Ihr eine Närrin seid, bekommt es mit mir zu tun.«

»Steckt den Dolch schnell beiseite!«, warnt die Gräfin. »Ich habe leider keine Gelegenheit, davon Gebrauch zu machen. Ihr werdet sie bekommen, diese Gelegenheit, und Ihr müsst sie ergreifen. Die erste, die beste, wenn

Ihr ein Mann seid. Er hat mich grausam beleidigt, dieser
Verführer. Er hat mich betrogen. Wie viele wird er noch
betrügen? Setzt dem ein Ende!« Die Gräfin mustert Elisas Vater, um sich zu vergewissern, dass der Dolch auch
nicht zu erkennen ist, dann stürzt sie aus dem Raum.

Schlechte Nachrichten

Der Offizier bleibt nicht lange allein. Kaum hat die Gräfin das Zimmer verlassen, da treten der Fürst und Marinus ein. »Ah, mein lieber, rechtschaffener Göllner«,
begrüßt ihn der Fürst überschwänglich. »Es ist zu schade, dass wir uns unter diesen unglücklichen Umständen
sehen müssen. Doch zur Sache! Ihr werden begierig
sein, Eure Tochter zu sehen. Nachdem sie sich jetzt ein
wenig erholt hat, werde ich sie persönlich zurück in die
Stadt begleiten.«

»Das ist zu viel der Gnade«, winkt Elisas Vater ab und
schaut den Fürsten hasserfüllt an. »Erlaubt, mein Fürst,
dass ich meinem unglücklichen Kind den Aufenthalt in
der Stadt erspare. Es ist besser für sie, wenn ich sie mit-
nehme aufs Land, jetzt da ihr Bräutigam tot ist. In ein
Kloster soll sie eintreten.«

»Nein, das kann nicht richtig sein«, entgegnet der
Fürst und hebt abwehrend die Hände. »So viel Schönheit soll in einem Kloster verblühen? Wegen einer einzigen fehlgeschlagenen Hoffnung darf man nicht so
reagieren! Aber was sage ich, dem Vater hat niemand
reinzureden, nicht wahr, Marinus?«, wendet sich der
Fürst dem Kammerherrn zu.

»Es geht mir nahe, dem Rat meines Fürsten in den
Weg zu treten«, antwortet Marinus listig, »aber jetzt ist
vor allem der Richter in Euch gefordert. Man hegt nämlich den Verdacht, dass es nicht Räuber gewesen sind,

welche den Grafen angefallen haben. Ein Nebenbuhler wollte ihn aus dem Weg räumen – und sogar einer, dem geholfen wurde.«

»Was sagt Ihr da?«, unterbricht Elisas Vater.

»Ich gebe nur wieder, was ein Gerücht verbreitet«, beharrt Marinus mit kalter Stimme.

»Ein Konkurrent, der Unterstützung erfahren hat? Und Ihr behauptet, dass er von meiner Tochter begünstigt wurde?«

»Nein, das will ich nicht gesagt haben.« Marinus weicht einen Schritt zurück. »Aber man wird nicht davon absehen können, die schöne Unglückliche darüber zu vernehmen.«

»Ja, lieber Oberst, Marinus hat wohl recht«, stimmt der Fürst mit falschem Lächeln zu und legt Elisas Vater seine Hand auf die Schulter.

»Und wo kann das anders geschehen als in der Stadt«, ergänzt Marinus.

»So ist es«, pflichtet der Fürst eilfertig bei. »Es tut mir leid, so schnell verändert das die Sache, lieber Göllner, nicht wahr? Ihr müsst das selbst einsehen.«

»Oh ja, ich sehe, was ich sehe!« Verzweiflung schwingt in Göllners Stimme. »Mein Gott, mein Gott.« Er zögert ein wenig. »Ich will Elisa wieder mit ihrer Mutter zusammenbringen, und bis die Untersuchung gelaufen ist, will auch ich in die Stadt kommen. Wer weiß, ob die strenge Gerechtigkeit es nicht nötig findet, auch mich zu vernehmen?«

»Ja, das ist sehr leicht möglich«, antwortet Marinus. »Aber ich fürchte sogar …«

»Was? Was fürchtet Ihr?«, fragt der Fürst und blickt mit neugierigem Interesse zu Marinus hinüber.

»Man wird es wohl für nötig halten, dass die Familienmitglieder getrennt werden. Die Form des Verhörs erfordert diese Vorsicht. Und es wird wohl notwendig sein, wenigstens Elisa in eine besondere Verwahrung zu nehmen«, fährt Marinus fort und mustert mit kalter Miene den Vater, dem immer deutlicher das Entsetzen im Gesicht geschrieben steht.

»Besondere Verwahrung?«, fragt der Oberst heiser.

»Erschreckt Euch doch nicht!« Der Fürst versucht eine beruhigende Geste. »Ihr denkt bei dem Wort Verwahrung wohl an Gefängnis oder Kerker.«

»Wenn ich daran denken würde, würde es mich ruhiger machen«, antwortet der Oberst.

»Elisa kann in dem Haus von Marinus wohnen. Da wird sie unter der Aufsicht von würdigen Damen sein«, betont der Fürst fest. »Ja, dort wird sie sich aufhalten. Ich bringe sie selbst hin. Ich garantiere, dass sie mit der äußersten Achtung behandelt wird. Ihr könnt uns in die Stadt folgen, Göllner. Euch steht es aber auch frei, auf Euer Landgut zurückzukehren. Es wäre lächerlich, Euch Vorschriften zu machen. Und nun auf Wiedersehen, lieber Göllner. Kommt, Marinus, es wird spät.«

Der Oberst fährt mit seiner Hand schnell dorthin, wo der Dolch versteckt ist. Als er aber die Hand wieder hervorzieht, ist sie leer. »Entschuldigt, gnädiger Herr«, spricht er langsam, »wenn ich noch einen Wunsch äußere. Das Haus von Marinus ist natürlich sehr angenehm, aber ich würde meine Tochter gerne vorher sehen. Der Tod des Grafen ist ihr noch unbekannt. Sie wird nicht begreifen können, warum man sie von ihren Eltern trennt. Deswegen muss ich unbedingt mit ihr sprechen.«

»Wir werden Euch die Tochter schicken«, sagt der Fürst. »Ihr könnt unter vier Augen mit ihr sprechen.« Der Fürst und Marinus verlassen den verzweifelten Vater, um Elisa Bescheid zu geben.

Die Tat des liebenden Vaters

Langsam öffnet sich die Tür, und Elisa, ganz blass, tritt zögernd ein. »Wie? Ihr hier«, sagt sie, als sie ihren Vater entdeckt, und ein wenig Hoffnung klingt in ihrer Stimme. »Und nur Ihr? Und der Graf? Nicht hier? Und Ihr seid so unruhig, mein Vater ...«, bemerkt sie niedergeschlagen. »Ich sehe es in Euren Augen, es ist alles verloren.«

»Was nennst du alles verloren?«, fragt der Vater. »Dass der Graf tot ist?«

»Ja«, haucht Elisa schwach. »Und warum er tot ist! So ist sie wahr, die ganze schreckliche Geschichte, die ich in den nassen, traurigen Augen meiner Mutter las? Doch wenn der Graf tot ist, wenn er darum tot ist, was bleiben wir dann noch hier? Lasst uns fliehen, mein Vater!«

»Fliehen?«, stößt dieser verzweifelt hervor. »Du bist und du bleibst in den Händen deines Entführers. Und allein, ohne deine Mutter, ohne mich.«

»Ich bleibe in seinen Händen? Allein?« Elisa blickt sich panisch um. »Das darf doch nicht geschehen! Wer kann uns halten, wer kann mich zwingen?« Verzweifelt greift sie nach der Hand ihres Vaters. »Wer ist der Mensch, der einen Menschen zwingen kann? Gilt für diesen Fürsten kein Gesetz?«

»Denke nur«, antwortet der Vater, »unter dem Vorwand einer gerichtlichen Untersuchung will er dich aus unseren Armen reißen und in das Haus von Marinus bringen.«

»Er will über mich bestimmen, nur sein Wille soll zählen ... Als ob wir keinen Willen hätten, Vater!«

»Ich war so wutentbrannt, dass ich bereits nach diesem Dolch griff, um ihn in sein Herz zu bohren.«

Ohne zu zögern greift Elisa nach der Waffe, die der Vater hervorgeholt hat. »Mir, Vater, mir gebt diesen Dolch.«

»Nein, das ist nichts für deine Hände!«

»Dann befreit mich, Vater, was zögert Ihr? Früher gab es einen Vater, der seine Tochter vor der Schande rettete und ihr den Dolch in das Herz senkte. Solche Taten aber gab es nur früher, solche Väter gibt es keine mehr!«

»Doch, meine Tochter, doch«, ruft Elisas Vater gequält und sticht zu. Tödlich getroffen sinkt Elisa in seine Arme.

»Eine Rose, gebrochen, ehe der Sturm sie entblättert. Lasst mich sie küssen, diese väterliche Hand«, haucht sie sterbend ihre letzten Worte.

Laut wird die Tür aufgestoßen. »Was ist das?«, ruft der hereinstürzende Fürst. »Ist Elisa nicht wohl?«

»Doch, sehr wohl«, flüstert Elisas Vater und legt seine Tochter sanft auf den Boden.

Da erkennt der Fürst, was geschehen ist. »Ihr grausamer Vater, was habt Ihr getan?«, brüllt er entsetzt und starrt den Vater mit weit aufgerissenen Augen an.

»Nun, Fürst, gefällt sie Euch noch? Reizt sie noch Eure Lüste? Ihr glaubt vielleicht, dass ich nun den Dolch gegen mich selbst richte. Aber da irrt Ihr Euch! Hier ist es, das blutige Beweisstück meiner Tat. Ich gehe und liefere mich selbst in das Gefängnis. Ich gehe und erwarte Euch als Richter. Und dann erwarte ich Euch vor unser aller Richter!«

Rückkehr in die Realität

E ine Tür fiel laut ins Schloss. Arne und Timo schauten sich verwundert an. Sie waren unsicher, aus welcher Richtung das Geräusch kam.

»Das ist ein Geräusch aus der realen, nicht aus der virtuellen Welt«, meinte Timo und drückte schnell auf den »Aus-Schalter« des Computers.

Arne schaute auf die Armbanduhr. Es war 6 Uhr 30. Sie waren seit Stunden im Cyberjur. Bald würden die ersten Frühaufsteher mit ihrer Arbeit beginnen. In Windeseile legten Timo und Arne die Helme ab und sprangen von den »Trampolinen«. Sie hatten gerade noch Zeit, sich hinter einem Bücherregal zu verstecken, als zwei Personen den Raum betraten. Auf dem Boden kauernd konnten sie durch die Buchreihen hindurch nur die Schuhe sehen. Vornweg ging ein Paar perfekt polierter Männerhalbschuhe. Etwas dahinter folgten mit trippelnden Schritten zwei hochhackige Damenschuhe mit kleinen Paragraphenzeichen auf dunklem Hintergrund. Arne versuchte sich zu erinnern, wo und wann er diese Schuhe zuletzt gesehen hatte.

»Wie können Sie den Raum nur so unordentlich zurücklassen?«, hörten die beiden eine strenge Stimme schimpfen, die Arne seltsam bekannt vorkam. »Die Außentür war nicht vorschriftgemäß zweimal verschlossen und hier hängt ein Helm nicht an seinem Platz.« Arne schaute schuldbewusst zu Timo hinüber. Er hatte nicht genügend Zeit gehabt, den Helm wieder ordentlich aufzuhängen. »Frau Amundsen, Ihnen ist offensichtlich nicht bewusst, wie teuer und unersetzlich die Computeranlagen sind?«, raunzte die metallisch klingende Stimme.

Wie hatte er das vergessen können, fiel es Arne plötzlich wieder ein. Natürlich, es war Frau Amundsen, die freundliche Bibliothekarin. Es tat ihm leid, dass er sie in diese unangenehme Situation gebracht hatte.

»Und was ist das?«, ließ sich nun ihr Begleiter erneut vernehmen. »Das Fenster hier steht offen. Mir drängt sich mehr und mehr das Gefühl auf, dass Sie für diese verantwortungsvolle Aufgabe ungeeignet sind.«

»Herr Professor Westhagen, ich kann mir das absolut nicht erklären«, antwortete Frau Amundsen schuldbewusst und schloss das Fenster. »Gestern war noch alles in Ordnung.«

»Da müssen Sie sich irren, oder wollen Sie etwa sagen, es gibt nächtliche Besucher, die hier eindringen und den Raum so zurücklassen? Das wäre ja noch schlimmer. Die technischen Anlagen und ganz besonders die geleistete Arbeit für die Cyberjur-Programmierung sind unersetzlich. Sie wissen das. Also passen Sie auf, dass die Räume richtig verschlossen werden!«, schimpfte Professor Westhagen beim Hinausgehen.

Arne schaute hinüber zu Timo. »Mein Gott, das war Professor Westhagen.« Er war ganz bleich geworden. Der Schrecken war ihm mächtig in die Glieder gefahren. »Wenn der uns erwischt hätte! Das wäre das Ende unseres Studiums gewesen. Wie kommen wir hier jetzt nur wieder heraus?«

»So wie wir hereingekommen sind«, antwortete Timo. »Schnell, es ist noch nicht ganz hell. Vor den Fenstern wachsen doch Büsche, so dass uns niemand sehen dürfte, wenn wir jetzt hinausklettern. Los, beeil dich! Du willst doch nicht bis heute Nacht hier bleiben?«

Sie öffneten das Fenster und zwängten sich hinaus.

Hinter den Büschen duckten sie sich noch ein Weilchen. Aber so früh am Morgen waren noch nicht viele Menschen unterwegs. So gelangten sie auf den Fußweg, ohne Verdacht zu erregen.

Auf dem Heimweg schwiegen Arne und Timo. Jeder hing seinen Gedanken nach. Arne dachte an die attraktive Frau Amundsen in ihrem roten Kleid, mit ihrem schönen, von braunen Locken eingerahmten Gesicht. Wie freundlich sie mit ihm gesprochen hatte. »Die arme Frau Amundsen«, sagte er in die Stille hinein. »Hoffentlich verliert sie nicht ihren Job.« Plötzlich fiel ihm siedend heiß ein: »Wir haben das Fenster nicht geschlossen.«

Timo zuckte mit den Achseln. »Wie hätten wir das auch von außen machen sollen?«

Arne blieb stehen. »Sie wird ja ganz meschugge werden, wenn sie heute feststellt, dass es wieder offen steht. Können wir denn nichts tun?«

»Was denn?«, fragte Timo und zog ihn weiter. »Professor Westhagen hat ihr ganz schön den Kopf gewaschen. Schade, jetzt ist es wohl erst einmal vorbei mit den Ausflügen ins Cyberjur. Ich glaube nicht, dass wir noch einmal so einfach in den Raum einsteigen können.«

»Hör bloß auf, Timo! Wir können von Glück sagen, dass wir nicht erwischt worden sind, und müssen hoffen, dass Frau Amundsen nicht entlassen wird. Für mich ist Schluss, ich werde da nicht mehr reingehen.«

Die beiden Studenten gingen wieder eine Weile schweigend nebeneinander her. »Die Cyberjur-Geschichte hat mich an ein Theaterstück erinnert, das wir in der Schule durchgenommen haben«, sagte Timo, als sie nicht mehr weit vom Wohnheim entfernt waren. »Es heißt Emilia Galotti und ist von Gotthold Ephraim Lessing.

Aber Lessings Drama spielt in Italien. Vielleicht war ja das, was wir miterlebt haben, die Vorlage zu seinem Stück. Wenn damals der Eindruck entstanden wäre, die Geschichte würde sich auf die Verhältnisse in Deutschland beziehen, hätte das Drama sicher nicht aufgeführt werden dürfen. Deswegen hat er vermutlich die Handlung nach Italien verlegt.«

Als Timo den Haustürschlüssel hervorkramte, fragte Arne: »Kannst du dich noch erinnern, was Holger nach der letzten Vorlesung von Professor Westhagen gesagt hat? Er meinte doch, die Staatsorganisation sei einfacher und schlanker, wenn es nur einen Herrscher, einen Monarchen, gibt, der alle Macht in seiner Person vereinigt. Seine Bemerkungen haben mich etwas verunsichert. Aber nach unserem heutigen Ausflug ist mir jegliche Sympathie dafür vergangen. Dieser Fürst von Hesen Wolfenstatt, den wir heute kennengelernt haben, war ein Tyrann. Die armen Menschen, die seiner Willkür ausgesetzt waren, können einem leidtun.«

Timo schloss die Haustür auf. Zu dieser frühen Stunde war es noch sehr ruhig im Studentenheim. Niemand kam ihnen entgegen. »Vielleicht gab es ja auch gute Herrscher«, gab er zu bedenken.

Arne schüttelte den Kopf. »Darauf kann es meiner Meinung nach nicht ankommen. Auch wenn mal ein gütiger, gerechter Herrscher regiert: Wer garantiert denn, dass der Nachfolger ebenfalls maßvoll von seiner Macht Gebrauch machen wird?« Er legte seine Hand auf Timos Arm. »Das ist doch nach dem, was wir miterlebt haben, klar: In die Staatsorganisation müssen unbedingt Sicherungen eingebaut werden, um Willkür zu verhindern. Selbst wenn es dadurch vielleicht komplizierter wird. Nur wie? Das ist die entscheidende Frage.«

Vom Absolutismus zum Konstitutionalismus

Seit geraumer Zeit verglich Arne jetzt in der Vorlesung von Professor Westhagen die Antworten des Kommilitonen, der gerade gezwungenermaßen oder freiwillig am Zuge war, mit seinen eigenen Überlegungen. Schließlich fühlte er sich sicher genug, um an eine Beteiligung zu denken. Er suchte sich das Verfassungsrecht aus und bereitete sich vor, indem er Material zusammentrug und alle möglichen Fragestellungen ausprobierte. Manchmal fragte er sich, warum er diese Arbeit auf sich nahm. Warum meldete er sich nicht einfach ganz spontan? Warum kam es ihm so sehr darauf an, eine Frage des Professors korrekt zu beantworten? Er wusste, dass die Studenten aus der engagierten Gruppe einfach versuchten, einen Beitrag zu liefern, und sich nicht so sehr darum scherten, ob sie die Frage auch richtig beantworteten. Er hielt seine Vorbereitungen geheim, auch vor Timo. Das Wochenende über studierte er seine Manuskripte und schrieb lange Listen mit möglichen Fragen.

Die Vorlesung startete ungewöhnlich. Professor Westhagen hielt einen langen Einführungsvortrag zum Thema, ohne die Studenten aktiv einzubeziehen.

Die Schattenseiten des Absolutismus am Beispiel Frankreichs

»Der Absolutismus hatte viele Schattenseiten. Ganz deutlich wird dies am Beispiel Frankreich. Der Absolutismus regelte die Lebensverhältnisse seiner Untertanen lückenlos. Der Herrscher bestimmte die Religion, legte fest, ob und wen man heiraten durfte, bestimmte den Wohnort, regelte Gewerbe und Berufswahl. Der Monarch war Herr über Leben, Freiheit, Glauben und Eigentum seiner Untertanen. Die Eingriffe waren einschneidend. Hinzu kam die Willkürlichkeit dieser Eingriffe, die man, ohne Rechtsmittel einlegen zu können, hinnehmen musste.

Frankreich gehörte zu den größten und reichsten Ländern Europas, doch der ganze Reichtum lag in den Händen einer kleinen Schicht. Die meisten Franzosen waren arm. Die Gegensätze zwischen dem ersten und zweiten Stand auf der einen Seite und dem dritten Stand verschärften sich deshalb.

Zum ersten Stand zählten die Geistlichen und die kirchlichen Beamten, die dem Adel angehörten. Die katholische Kirche war eine große Macht in Frankreich; ihr gehörte fast ein Zehntel der französischen Ländereien. Sie unterstand keinem Gesetz. Ungefähr dreihunderttausend Adlige, der zweite Stand, kaum mehr als ein Prozent der Bevölkerung, verfügten über etwa dreißig Prozent des Bodens. Das zeigt die Macht dieser kleinen Gruppe. Über Adlige konnten nur Standesgenossen richten. Sie hatten als Einzige Zugang zu den höchsten militärischen, kirchlichen oder Verwaltungsämtern. Alle waren sie auch zu adligem Lebensstil verpflichtet. Das bedeutete: nicht arbeiten, von Vermögenseinkünften leben, reiten, leidenschaftlich gern zur Jagd und auf Feste und Bälle gehen. Ihre Ehre verbat ihnen die Ausübung der meisten Berufe. Der erste und zweite Stand, Adel und Geistlichkeit, die eine krasse Minderheit darstellten, waren von jeglichen Steuern befreit.

Wer weder adlig noch Geistlicher war, gehörte zum

dritten Stand, dem weitaus größten des Königreichs. Dieser war ein Sammelsurium aus Händlern, Bauern, Handwerkern, Ärzten und Kaufleuten. Seine Mitglieder hatten eins gemeinsam: Sie hatten keine Privilegien. Die Rechtsordnung führte diesen Bürgern ständig vor Augen, dass sie Menschen zweiter Klasse waren. Überall fühlten sie sich gedemütigt. Gemeinsam hatten Bürger und Bauern die gesamte Steuerlast, Frondienste und die kirchlichen Abgaben in Form des ›Zehnten‹ zu tragen. Viele Bauern und Kleinbürger lebten im Elend.« Professor Westhagen schaute in die Runde der Studenten, die konzentriert zuhörten. Er trug jetzt frei vor.

»Innerhalb des Bürgertums hatte sich im Laufe des 18. Jahrhunderts eine vermögende Schicht herausgebildet, die aus Kaufleuten, Manufakturbesitzern und Bankiers bestand und dem Adel vielfach wirtschaftlich überlegen war. Nicht lange, und die Großbürger fühlten sich dem Adel gleichwertig. Wir sind aufgrund unserer Fähigkeiten reich, dachten sie, während der Adlige sich nur die Mühe gemacht hat, auf die Welt zu kommen.« Professor Westhagen bog das Mikrofon näher heran. Seine Stimme erfüllte den Raum. »Sie ertrugen es nicht mehr, dass man ihnen die hohen Posten in der Armee, Verwaltung oder Justiz vorenthielt. Sie waren wütend über die tausend kleinen Erniedrigungen der Nichtadligen bei Gericht oder in der Kirche. Missstände und der finanzielle Ruin, der im Königreich in Frankreich ein besonders erschreckendes Ausmaß angenommen hatte, überzeugte sie vollends, dass es höchste Zeit war, selbst an die Hebel der Macht zu kommen, denn sie wussten, wie man mit Geld umgeht.« Professor Westhagens Stimme schallte durch den Saal, und wie zur Bekräftigung der Aussage schlug er mit der rechten Hand auf das Podium. Es war absolut still im Vorlesungssaal. Auch die Studenten auf den hinteren Plätzen hörten aufmerksam zu.

Das Zeitalter der Vernunft

»Nach und nach meldeten sich die zahlreicher und reicher gewordenen Bürger politisch zu Wort«, führte Professor Westhagen weiter aus. »Sie wollten einen Staat, in dem im Interesse einer bürgerlichen Gesellschaft Frieden, Wohlstand, Gerechtigkeit und das Gemeinwohl gefördert wurden. Zu diesen Vorstellungen gehörte natürlich, dass der Staat jede unangemessene Einmischung in die persönlichen Belange des Einzelnen unterließ. Der Bürger strebte einen für den Staat unantastbaren Freiraum an, innerhalb dessen er ungestört seinen Geschäften nachgehen konnte. ›Liberale‹ wurden diese Bürger genannt, die die Einschränkung der staatlichen Macht forderten. In Flugblättern wurden die Forderungen der Bürger kurz und knapp auf den Punkt gebracht.«

Professor Westhagen nahm ein Blatt zur Hand und las vor:

> *»1. Was ist der dritte Stand? Alles.*
> *2. Was ist er bis jetzt in der staatlichen Ordnung gewesen?*
> *Nichts.*
> *3. Was verlangt er? Etwas darin zu werden.*[26]

Unterstützung erhielten die Bürger durch Gelehrte und

---

[26] Abbé Joseph Sieyès über die Rolle des Dritten Standes, »Was ist der Dritte Stand?« in: Paschold/Gier, Die Französische Revolution, Ein Lesebuch mit zeitgenössischen Berichten und Dokumenten, Stuttgart 2005.

Philosophen. Den Bürgern kam entgegen, dass seit dem Ende des 17. Jahrhunderts und während des 18. Jahrhunderts sich eine neue Geistesrichtung, die Aufklärung, durchsetzte. Sie hielt die Vernunft für die wesentlichste Eigenschaft des Menschen und erkannte nur an, was durch sie erklärbar war.

Für die Menschen des Mittelalters war dagegen ›Aller Weisheit Anfang die Gottesfurcht‹. Sie erklärten noch alles aus Gott und mit Gott, selbst wenn es dem Augenschein und der Logik widersprach.

Jetzt wollte man freier denken, seiner Vernunft folgen. Es regten sich viele Zweifel über das, was die Kirche über Welt, Leben und Natur sagte, was der forschende Verstand nicht bestätigte. Immer mehr Gelehrte beschäftigten sich mit der Erforschung der Natur. Sie erkannten, dass man die Dinge beobachten musste, um Eigenschaften und Gesetzmäßigkeiten zu erfassen. Himmelsforscher wie Kopernikus, Galilei und Kepler entdeckten, dass die Erde nicht im Mittelpunkt der Welt steht. Neue Geräte und Instrumente, die man entwickelte, ermöglichten genauere Forschungsergebnisse. Mit Mikroskopen untersuchten Wissenschaftler den inneren Bau von Tierkörpern. Luftpumpen, Barometer und Thermometer verhalfen zu neuen Einsichten in der Physik. So wurde die Welt nach und nach entzaubert und aufgeklärt. Es war, als sei eine Tür aufgestoßen worden, durch die ein heller Lichtstrahl fiel.«

Ein Student mit kurz geschnittenen Haaren, der in der fünften Reihe saß, zeigte auf. Professor Westhagen schien sich in seinem Redefluss gestört zu fühlen. Trotzdem schaute er auf seinen Sitzplan. »Herr Kastner, was haben Sie beizutragen?«

Der große und schlaksige Student erhob sich langsam.

»Professor, kann es sein, dass ich in der falschen Veranstaltung bin?«, bemerkte er schnoddrig. »Ich dachte, ich wäre hier in einer juristischen Vorlesung.«

Die Kommilitonen starrten den Sprecher an. So hatte bisher noch niemand gewagt, zu dem Professor zu sprechen. Arne war sich nicht sicher, ob der Student die Frage ernst meinte oder Professor Westhagen nur reizen wollte.

»Kastner, wenn Ihnen Hintergründe nicht wichtig sind und Zusammenhänge nicht klar werden, dann sind Sie offensichtlich in der falschen Veranstaltung. Gesetze fallen nicht vom Himmel. Man kann sie besser verstehen, wenn man die historischen Zusammenhänge kennt. Gedulden Sie sich also noch!«

Nach einem kurzen Räuspern fuhr der Professor mit seinem Vortrag fort. »Die Gelehrten der Aufklärung beschäftigten sich nicht nur mit den Gesetzen der Natur, sie wollten auch die vernünftigsten Regeln für das Verhalten der Menschen und ihr Zusammenleben in der Gesellschaft oder im Staat herausfinden. War die bisherige Ordnung unumstößlich? War es wirklich richtig, dass der König allein die Staatsmacht verkörperte, dass er absolut regierte, dass er keiner Kontrolle unterlag? Sollte es immer so bleiben, dass die Herrscher allein ›von Gottes Gnade‹ abhingen? Sagte nicht die Vernunft, dass auch sie nur Menschen wie ihre Untertanen waren?«

Aufklärung und Menschenrechte

Der Professor wendete ein Manuskriptblatt und nahm dann einen Schluck Wasser aus dem Glas. »Wie stand es überhaupt mit den Rechten des Menschen? Die Denker der Aufklärungszeit forderten die Anerkennung der natürlichen Rechte des Menschen durch den Staat. Dieses

Naturrecht sagte: Alle Menschen sind von Natur frei. Alle Menschen besitzen von Geburt an unverletzliche Rechte. Jeder soll ein natürliches Recht auf Leben, Freiheit und Besitz haben.

Für die Juristen ging es damals um die Übersetzung philosophischer Forderungen in geschriebenes Recht, nach dem die Bürger leben wollten. Freiheit musste rechtsverbindlich gemacht werden. Man formulierte Menschenrechte, die dem Bürger zustehen sollten.«

Arne rechnete schon nicht mehr damit, dass Professor Westhagen in dieser Vorlesung eine Frage stellen würde. Sein Mut, sich an eine Beantwortung zu wagen, war nach der schroffen Abfuhr für den Studenten auch stark gesunken. Doch plötzlich schaute der Professor in die Runde und fragte unvermittelt: »Nennen Sie bitte einzelne Grundrechte.«

Arne überlegte einen Augenblick. Er wusste die Antwort und zwang sich, seine Hand zu heben. Professor Westhagen schaute auf den Sitzplan. Zu Arnes Enttäuschung, aber gleichzeitig auch zu seiner Erleichterung rief er einen anderen Studenten auf. Dieser antwortete mit leiser Stimme: »Beispiele für Grundrechte sind das Recht auf Eigentumserwerb, die Garantie des Eigentums, die Garantie der Freizügigkeit, die Pressefreiheit, die Meinungsfreiheit, die Berufsfreiheit, die Religionsfreiheit ...«

»Das reicht«, unterbrach Professor Westhagen. »Diese Beispiele sollen uns genügen. Als sogenannte liberale Grundrechte waren sie darauf gerichtet, Übergriffe des Staates in die Rechts- und Freiheitssphäre der Staatsbürger nach Möglichkeit zu verhindern. Man bezeichnet die natürlichen Rechte des Menschen als ›Menschenrechte‹ oder ›Grundrechte‹.

Im Jahre 1776 erschienen die Menschenrechte zum ers-

ten Mal in einer geschriebenen Verfassung, nämlich in
der von Virginia. Ein reicher Farmer aus dem Süden der
Vereinigten Staaten hatte sie geschrieben. Als Thomas
Jefferson[27] drei Wochen später die Unabhängigkeitser-
klärung der Vereinigten Staaten formulierte, griff er auf
diesen Text zurück. Dreizehn Jahre später, im August
1789, war er amerikanischer Gesandter in Paris und gab
Lafayette[28] den Text. Er diente als Vorlage für die französische Erklärung der Menschenrechte. Diese wurde
sechs Wochen nach dem Sturm auf die Bastille geschrieben, der die Französische Revolution auslöste.«[29]

Die Gewaltenteilung wird entdeckt

Professor Westhagen trank erneut einen Schluck Wasser
und erläuterte dann weiter: »Bürgerliche Freiheiten, Menschenrechte – das klingt natürlich schön und gut. Das
Problem ist die Umsetzung. Wie sollte man einen absolut
herrschenden Fürsten dazu bringen, die Menschenrechte
auch einzuhalten?« Er blickte auffordernd in die Runde.

Arne zögerte, er war nicht sicher, die Frage korrekt
beantworten zu können. Die Vorlesungszeit lief bald
ab. Vielleicht würde er keine weitere Chance bekommen. Er hob seine Hand. Professor Westhagen schaute in seine Richtung. Dann blickte er auf den Sitzplan
und sagte: »Herr Loosmeyer, lassen Sie uns teilhaben
an Ihren Überlegungen.« Arne konnte förmlich spüren,
wie Holger auf seinem Platz hinter ihm zusammen-

---

[27] Dritter Präsident der Vereinigten Staaten.
[28] Lafayette war ein französischer General und Politiker.
   Er nahm auf der Seite der Kolonisten am Amerikanischen
   Unabhängigkeitskrieg teil und spielte eine wichtige Rolle in
   der Französischen Revolution.
[29] Wesel, Jura für Nichtjuristen, S. 51 f.

schreckte. Eine Weile passierte gar nichts. Dann fragte Professor Westhagen noch einmal. »Herr Loosmeyer, haben Sie die Frage verstanden?«

»Ich ... ich könnte mir vorstellen, dass man die Menschenrechte aufgeschrieben und dem Monarchen übergeben hat«, antwortete Holger kaum vernehmbar.

»Glauben Sie wirklich, dass ein unumschränkt herrschender Fürst sich davon hätte beeindrucken lassen? Ich will Ihnen gleich vorweg sagen, da musste man sich schon mehr einfallen lassen, um dessen Macht zu kontrollieren«, sagte Professor Westhagen beißend. Arne hatte die Hoffnung, dass er nun einen anderen Studenten aufrufen würde. Aber er ließ nicht ab von Holger und wartete auf eine Antwort. Timea wendete sich nach hinten, um Holger zu helfen. Sie flüsterte ihm eine Antwort zu, aber er konnte sie nicht verstehen. »Ich erinnere mich nicht, Frau Kelly, Sie gebeten zu haben, hier die Samariterin zu spielen«, tönte plötzlich Professor Westhagens Stimme laut durch den Saal. Timea schreckte zusammen und blickte schnell wieder nach vorn. »Herr Loosmeyer, Sie haben noch das Wort.«

»Vielleicht hat man daran gedacht, zwei Fürsten zusammen mit zwei Stellvertretern einzusetzen, die sich gegenseitig kontrollierten«, führte Holger stockend aus. »Die Fürsten könnten nach einer bestimmten Zeit zurücktreten und den Stellvertretern Platz machen.«[30]

Hier und da war ein unterdrücktes Lachen im Auditorium zu hören. Professor Westhagen schüttelte langsam den Kopf. »Herr Loosmeyer, das ist heute wohl nicht Ihr Tag. Wir wollen einmal sehen, ob einer Ihrer Kommilitonen eine gehaltvollere Antwort zu geben weiß.«

[30] Vorschlag von Diokletian, römischer Kaiser von 284 bis 305 nach Christus.

Arne schwankte einen Augenblick, ob er sich melden sollte. Aber er fühlte sich nicht wohl dabei, nach dem kritisierten Beitrag von Holger womöglich mit einer korrekten Antwort zu glänzen. Außerdem war er nicht ganz sicher, wie die Frage richtig zu beantworten war.

Der Professor schaute auf seinen Sitzplan. Es war still im Saal. »Herr Glose, enttäuschen Sie uns nicht. Ich hoffe, Sie machen es jetzt besser als Ihr Kollege.«

Arnes Herzschlag beschleunigte sich. Jetzt war es doch an ihm, zu antworten. Er atmete einmal tief durch und erläuterte dann: »Es mussten natürlich Überlegungen angestellt werden, wie bürgerliche Freiheiten gesichert werden konnten. Man musste sich ein System ausdenken, bei dem sich die Macht durch Gegenmacht in Schranken hält. Man erkannte, dass die Staatsgewalt in drei wesentliche Funktionen aufgeteilt werden konnte. Es konnte unterschieden werden in die gesetzgebende, die ausführende und die richterliche Gewalt. Dieses Gewaltenteilungsprinzip hat der Rechtsgelehrte Charles de Montesquieu in seinem Buch ›Vom Geist der Gesetze‹ aus dem Jahr 1748 beschrieben.«

Die Antwort war richtig, auch wenn sie in ihrer Kürze nicht perfekt war. Arne war selbst überrascht, dass ihm seine Ausführungen so einfach über die Lippen gekommen waren. Er schaute den Professor an. Mit seiner Antwort wollte Arne nicht nur die juristische Frage lösen, sondern auch Zutritt in die Gruppe der Besten bekommen, er wollte endlich vom Professor wahrgenommen werden. Dieser schaute auf, und Arne hatte den Eindruck, dass sich ihre Blicke begegneten.

»Durch das Gewaltenteilungsprinzip wollte man die Macht des unumschränkt herrschenden Monarchen kontrollieren«, erläuterte Professor Westhagen. »Der von Herrn Glose genannte Montesquieu schrieb dazu:

Wenn in derselben Person die gesetzgebende Gewalt mit der vollziehenden vereinigt ist, gibt es keine Freiheit ... Es gibt ferner keine Freiheit, wenn die richterliche Gewalt nicht von der gesetzgebenden und vollziehenden getrennt ist.[31]

Ihm schwebte deshalb vor:

Das Volk gibt sich durch seine Vertreter die Gesetze selbst (gesetzgebende Gewalt).

Der König sorgt für die Durchführung der Gesetze (vollziehende Gewalt).

Unabhängige Richter wachen darüber, dass die Gesetze von allen Staatsbürgern eingehalten werden (richterliche Gewalt).

Um die Grundrechte und die Beteiligung des Volkes an der Gesetzgebung im Rahmen der Gewaltenteilung rechtlich abzusichern, war es natürlich erforderlich, diese Grundregeln in einer Urkunde, der Verfassungsurkunde oder Konstitution, wie man auch sagte, festzulegen, die vom Fürsten anerkannt werden sollte.«

Der Übergang zum Konstitutionalismus

Professor Westhagen blickte von seinem Manuskript auf. »Wie wird eine Staatsform bezeichnet, in der der König in der Ausübung seiner Macht an die Verfassung (Konstitution) gebunden wird?« Er suchte einen Namen auf seinem Sitzplan. »Frau Kelly«, sagte er, »dies ist Ihre Frage.«

Timea fiel vor Schreck ihr rosa Textmarker auf den Boden. Aber sie ließ sich dadurch nicht verwirren.

[31] Montesquieu, Vom Geist der Gesetze, XI. Buch, 6. Kapitel.

Klar und deutlich wie aus einem Buch abgelesen kam die Antwort: »Eine Staatsform, bei der der König, der Fürst, in der Ausübung seiner Macht an die Verfassung (Konstitution) gebunden wird, nennt man ›konstitutionelle Monarchie‹.«

»Ja, Absolutismus oder Konstitutionalismus? Das war damals die entscheidende Frage«, erläuterte Professor Westhagen. »Dabei war die Grenze zwischen beiden Staatsformen scharf und eindeutig gezogen: durch die Verfassungsurkunde.«

Ein schmächtiger Student aus der dritten Reihe meldete sich. »Hat das denn ohne Schwierigkeiten geklappt mit dem Wandel vom Absolutismus zum Konstitutionalismus?«

»Nein, keineswegs. Verfassungen wurden von den Fürsten gefürchtet wie die Pest, weil sie den Abbau von Vorrechten unwiederbringlich in einer öffentlichen Urkunde festlegten und den Monarchen sogar zwangen, dies zu besiegeln. Die Fürsten sahen ganz richtig, dass die Verfassungsbewegung letztlich eine schiefe Ebene war, auf der es bis zur kompletten Beseitigung der Monarchie für sie abwärtsging. In den Vorstellungen der Fürsten mussten die Forderungen der Bürger nach Freiheit, Gleichheit und Gewaltenteilung als wahrer Albtraum erscheinen.[32] Denn der Fürst sah sich als ›von Gottes Gnaden‹ in sein Amt gesetzt, und nicht von Volkes Gnaden. Für ihn ging alle Gewalt von Gott und nicht vom Volk oder einer Verfassungsurkunde aus.[33]

In Frankreich waren die Verhältnisse besonders katastrophal. Sie erinnern sich: Das Bürgertum lebte ohne politische Rechte; der Grundbesitz war zum größten

[32] Stolleis, Geschichte des öffentlichen Rechts, S. 100 f.
[33] Hattenhauer, Geistesgeschichtliche Grundlagen, S. 105 f.

Teil in den Händen der Kirche und des Adels, die Bauern lebten im Elend, der Staat stand vor dem finanziellen Ruin. Als der König, der Adel und die Geistlichkeit nicht rechtzeitig Zugeständnisse machen wollten und die Lebensverhältnisse immer katastrophaler wurden, brach 1789 die offene Revolution aus. Frankreich erhielt aufgrund der Revolution seine Verfassung. Mit diesem weltgeschichtlichen Ereignis beenden wir die heutige Vorlesung.«

»Gute Antwort, Arne«, sagte Timo und klopfte ihm beim Hinausgehen anerkennend auf die Schulter. Arne drehte sich nach Holger um, aber der war schon verschwunden. Er blieb noch still auf seinem Platz sitzen, während die Studenten um ihn herum ihre Sachen packten und ihre Jacken überzogen. Es kam ihm so vor, als ob diese Unterrichtseinheit nur ihm und dem Professor gehört hätte, als ob dieser von seinen Vorbereitungen gewusst hätte. Er nahm seine Unterlagen und sein Gesetzbuch, atmete tief durch und verließ den Vorlesungssaal. Dies war ein verdammt guter Tag, dachte er.

Die Arbeitsgruppe befasst sich mit dem Verfassungsrecht

Arne legte seine vorbereiteten Fragen zum Verfassungsrecht auf den Tisch. Timo schaute skeptisch auf den dicken Stoß Blätter mit den umfangreichen Ausarbeitungen. »Glaubst du, dass wir das alles heute durcharbeiten?«

Arne blickte kurz zu Timo hinüber, ohne auf dessen Bemerkung einzugehen, und richtete dann seine erste Frage an Holger. »Welche zwei Hauptaufgaben hat jede Verfassung?«

»In der Verfassung ist das Grundlegende geregelt«, antwortete Holger zögerlich und verstummte dann.

»Das ist sehr vage ausgedrückt. Vielleicht kannst du es etwas konkreter sagen, Timo?«

Timo schlug das Grundgesetz auf. »In der Verfassung finden wir die Aufstellung der Grundrechte und die Aufstellung von Regeln für die Organisation des Staates. Zuerst kommt also der Einzelne mit seinen Rechten und dann ab Artikel 20 der Staat.«

1 Die Grundrechte

»Nenne bitte Beispiele für Grundrechte!« Arne schaute Timea an, die neben Timo Platz genommen hatte.

»In Artikel 1 ist die Menschenwürde festgelegt«, antwortete Timea ohne zu zögern. »In Artikel 2 und 3 folgen dann die beiden wichtigsten Grundrechte, das Hauptfreiheitsrecht und das Hauptgleichheitsrecht, denen sich einzelne besondere Grundrechte anschließen. Danach hat der Staat zum Beispiel zu beachten:

- die Glaubens- und Meinungsfreiheit
- das Recht auf den Schutz der Familie
- das Schulwesen
- die Versammlungs- und Vereinigungsfreiheit
- das Briefgeheimnis
- die Freizügigkeit
- die Freiheit der Berufswahl
- die Unverletzlichkeit der Wohnung und des Eigentums.«

»Danke, danke, das reicht fürs Erste«, unterbrach Arne Timeas Redefluss.

1.1 Grundrechte als Abwehrrechte

»Wie schützen Grundrechte? Justus, kannst du die Frage beantworten?«

Justus überlegte einen Augenblick. »Die Grundrechte sind Abwehrrechte gegen den Staat«, führte er aus und betonte dabei das Wort »Abwehrrechte«. »Als solche garantieren sie dem Bürger einen Raum freier eigener Lebensgestaltung und schützen ihn vor staatlichen Eingriffen und Einengungen.« Während Justus sprach, tippte Timo mehrfach mit der Spitze seines Kugelschreibers auf die Tischplatte. Justus blickte irritiert zu ihm hinüber, ließ sich aber nicht weiter stören und fuhr mit seinen Ausführungen fort. »Jeder darf zum Beispiel seinen eigenen religiösen Überzeugungen folgen. Da muss sich der Staat raushalten. Man darf auch seine Meinung frei äußern. Dem Staat ist es nicht gestattet, unbequeme Meinungen zu zensieren oder zu verbieten. Wir dürfen uns, ohne den Staat um Erlaubnis zu fragen, zu Vereinen zusammenschließen. Wir dürfen unseren Beruf frei wählen. Der Staat darf mir zum Beispiel nicht vorschreiben, statt Jura Medizin zu studieren. Um es noch einmal zu betonen: Die Grundrechte sind also Abwehrrechte gegen den Staat«, fasste Justus zusammen und schaute zu Timo hinüber. »Aber ich habe das Gefühl, Timo ist mit meinen Ausführungen nicht einverstanden. Hast du etwas einzuwenden?«

1.2 Grundrechte als Leistungsansprüche?

»Ich frage mich, ob das nicht etwas wenig ist, nur Abwehrrechte gegen den Staat«, gab Timo zu bedenken. »Für einen Arbeitslosen ist Berufswahlfreiheit nutzlos. Lernfreiheit und freie Wahl der Ausbildungsstätte helfen nur demjenigen, der finanziell in der Lage ist, die gewünschte Ausbildung zu absolvieren, und dem solche Ausbildungsstätten zur Verfügung stehen. Die Garantie des Eigentums hat nur für Eigentümer, die Freiheit der Wohnung nur für Wohnungsinhaber eine reale Bedeutung. Wenn die Grundrechte dem Menschen wirklich helfen sollen, müssten sie auch Ansprüche gegenüber dem Staat verleihen.«

»Das wäre ja schön, wenn wir dem Grundgesetz ein Grundrecht auf zum Beispiel Arbeit und Wohnung entnehmen könnten«, sagte Justus und schüttelte dabei den Kopf. »Dann bräuchten wir uns um unsere berufliche Zukunft keine Sorgen zu machen. Eine Arbeitsstelle wäre uns garantiert. Der Staat müsste dann aber auch in schwierigen Zeiten in der Lage sein, diese Versprechungen einzuhalten. Das geht doch gar nicht. Schau dir nur die Situation auf dem Arbeitsmarkt an! Ein einklagbares Grundrecht auf Arbeit, dieses Versprechen wäre doch unerfüllbar. Der Staat kann im Grundgesetz nicht etwas versprechen, was er nicht halten kann.«[34]

Timo setzte zu einer Erwiderung an, aber Arne legte

[34] Borgmann / Hermann, Soziale Grundrechte, JA 1992, S. 341.

ihm schnell eine Hand auf den rechten Arm und kam
ihm zuvor: »Ganz Unrecht hat Timo nicht mit seiner
Idee«, sagte er und nahm sein Manuskript zur Hand.
»Ich darf mal zitieren:

*Während die Grundrechte ursprünglich nur als Ab-
wehrrechte geschaffen und interpretiert worden sind,
ist inzwischen anerkannt, dass die Grundrechte im
Einzelfall auch einen Anspruch auf staatliches Handeln begründen können. Der Grundrechtsschutz soll
für solche Lebensbereiche verstärkt werden, die für den
Einzelnen besonders wichtig sind, in denen er aber in
starkem Maße von sozialen und wirtschaftlichen Ge-
gebenheiten abhängig ist, die er überhaupt nicht oder
nur in geringem Umfang beeinflussen kann.«* [35]

»Kannst du mal konkreter werden?«, fragte Justus und
schaute Arne skeptisch an.

»Da gibt es zum Beispiel den ›Numerus-clausus-Fall‹,
erläuterte Arne. »Den hat das Bundesverfassungsgericht
entschieden.[36] Numerus clausus, das kennt ihr doch, das
heißt wörtlich übersetzt ›geschlossene Zahl‹. Darunter
wird verstanden, dass wegen der Überfüllung mancher
Studiengänge nur eine begrenzte Zahl von Bewerbern
das Recht bekommt, das Studienfach, welches mit einem
Numerus clausus belegt ist, zu studieren. In Bayern
haben zwei abgelehnte Bewerber für ein Medizinstu-
dium gegen die Entscheidung der Hochschule geklagt.
Sie haben unter anderem geltend gemacht, dass der
Numerus clausus und die in Bayern praktizierte ›Landeskinderregelung‹ sie in ihrem Grundrecht nach Arti-

---

[35] Hall, Das Numerus-clausus-Urteil und seine Folgen, Jus
1974, S. 87 ff.
[36] BVerfG-Urteil v. 18.7.72, NJW 1972, S. 1561 ff.

kel 12 des Grundgesetzes auf freie Wahl des Berufs, des Arbeitsplatzes und der Ausbildungsstätte verletzt.«

»Was ist denn eine Landeskinderregelung?«, fiel Holger Arne ins Wort.

»Landeskinderregelung bedeutet, dass Studienbewerber aus Bayern an bayerischen Hochschulen bevorzugt werden. Die Klageaussichten für die Studienplatzbewerber waren nicht besonders rosig. Die eingeschalteten Anwälte erklärten ihnen, die Hochschule berufe sich auf das bayerische Gesetz zum Numerus clausus. Die Landeskinderklausel stünde in dem einschlägigen Gesetz und sei, wie auch die übrigen Voraussetzungen, richtig angewandt worden.

›Dann sind wir der Ansicht, dass das Gesetz gegen unser Grundrecht auf freie Wahl der Ausbildungsstätte verstößt‹, meinten die abgelehnten Bewerber. So einfach sei das nicht, wurden die verhinderten Medizinstudenten aufgeklärt. Ein Grundrechtsverstoß läge vor, wenn der Staat zum Beispiel vorschreiben würde, auf eine Technikerschule zu gehen, weil ein Mangel an Technikern besteht. In ihrem Fall gehe es aber nicht um Abwehr von Eingriffen des Staates in den Freiheitsbereich des Einzelnen, sondern um Leistungen des Staates gegenüber seinen Bürgern durch den Betrieb der Hochschulen. Da kämen die Grundrechte nicht zur Anwendung. Sie wollten Ansprüche gegen den Staat aus den Grundrechten herleiten, ihnen gehe es um ein Recht auf einen Studienplatz, da würden die Gerichte nicht mitmachen.

Die beiden abgelehnten Studienbewerber haben trotzdem geklagt. Und das Bundesverfassungsgericht, das den Rechtsstreit letztlich zu entscheiden hatte, fällte eine bahnbrechende Entscheidung. Sinngemäß führte es aus:

Der verfassungsrechtliche Grundrechtsschutz im Bereich des Ausbildungswesens erschöpft sich indessen nicht in einer Schutzfunktion gegen Eingriffe der öffentlichen Gewalt. Auch wenn es grundsätzlich dem Gesetzgeber überlassen bleibt, welche Leistungen dem Bürger zugesprochen werden, so können sich doch, wenn der Staat gewisse Ausbildungseinrichtungen geschaffen hat, aus dem Grundgesetz Ansprüche auf Zutritt zu diesen Einrichtungen ergeben. Das gilt besonders, wo der Staat wie im Bereich des Hochschulwesens ein Monopol für sich in Anspruch genommen hat. Hier kann es in einem Rechts- und Sozialstaat nicht mehr der freien Entscheidung der staatlichen Organe überlassen bleiben, den Kreis der Begünstigten nach ihrem Gutdünken abzugrenzen und einen Teil der Staatsbürger von den Vergünstigungen auszuschließen. Hier folgt vielmehr daraus, dass der Staat Leistungen anbietet, ein Recht jedes hochschulreifen Staatsbürgers, an der damit gebotenen Lebenschance prinzipiell gleichberechtigt beteiligt zu werden. Art. 12 Grundgesetz (das Grundrecht der Berufsfreiheit) gewährleistet also ein Recht auf Zulassung zum Hochschulstudium seiner Wahl. Das Recht soll auf einen Anspruch auf Teilhabe an den vorhandenen Ausbildungsmöglichkeiten beschränkt sein.[37]

Das Bundesverfassungsgericht hat somit entschieden, dass es nicht mehr der freien Entscheidung der staatlichen Organe überlassen bleibt, den Kreis der Begünstigten nach ihrem Gutdünken abzugrenzen und einen Teil der Staatsbürger von den Vergünstigungen auszuschließen. Die vorgenommene Verteilung der Studienplätze nach den

[37] BVerfG-Urteil v. 18.7.72, NJW 1972, S. 1564.

Abiturnoten, nach dem Abiturjahrgang und nach sozialen Härtefällen war nicht zu beanstanden. Die Begünstigung der Landeskinder durch den Notenbonus für bayerische Bewerber sei aber mit dem Artikel 12 des Grundgesetzes, in dem die Ausbildungs- und Berufsfreiheit niedergelegt ist, und dem allgemeinen Gleichheitsgrundsatz nicht zu vereinbaren. So ist durch das Numerus-clausus-Urteil ein ganz neues Element in die Interpretation dieses Grundrechts hineingekommen, das auch auf andere Grundrechte ausstrahlt.[38] Das Bundesverfassungsgericht löste sich erstmals sehr deutlich von der Auffassung, beim Grundrecht des Artikels 12 GG handle es sich (nur) um ein Abwehrrecht gegen staatliche Eingriffe.«

Arne legte sein Manuskript aus der Hand und goss sich aus der grünen San-Pellegrino-Flasche Wasser in sein Glas.

»Aber trotzdem«, ließ Justus nicht locker, während Arne trank. »Das ist doch mehr ein Ausnahmefall. In aller Regel handelt es sich bei den Grundrechten um Abwehrrechte. Ansprüche lassen sich aus den Grundrechten nur ganz ausnahmsweise herleiten.«

Timo richtete sich auf, um zu antworten. »Vielen Dank, Holger, dass du das Wasser mitgebracht hast, es schmeckt sehr gut«, sagte Arne schnell und nahm einen weiteren Schluck.

»Ach, ist doch nicht der Rede wert«, antwortete Holger gönnerhaft und schob die Flasche Timo zu.

»Da hast du ja auch etwas zum Gelingen der heutigen Sitzung beigetragen«, meinte Timo.

Timea blickte erschrocken auf. Aber als sie sah, dass Holger, statt wegen Timos spitzer Bemerkung verletzt

---

[38] Hall, Das Numerus-clausus-Urteil und seine Folgen, Jus 1974, S. 87 ff.

zu sein, sich offensichtlich geschmeichelt fühlte, sagte sie nichts. »Ich bringe beim nächsten Mal gern wieder ein paar Flaschen mit«, bot er großzügig an.

»Lasst uns mit dem nächsten Thema weitermachen«, schlug Arne vor und nahm sein Manuskript wieder zur Hand.

1.3 Drittwirkung der Grundrechte

»Sind auch Privatleute untereinander an die Grundrechte gebunden?«, stellte Arne eine weitere Aufgabe zur Diskussion.

»Wie meinst du das?«, fragte Timea interessiert.

»Kann zum Beispiel ein privater Kinobesitzer seinen Kinosaal zwar der CDU vermieten, dies aber den Grünen abschlagen, weil ihm die Richtung dieser Partei nicht passt? Oder kann sich ein Mieter auf sein Recht der Meinungsfreiheit nach Artikel 5 Grundgesetz berufen, wenn er gegen den Willen seines Vermieters ein Plakat am Balkon anbringt, mit dem er sich gegen die negativen Folgen der Globalisierung ausspricht?«

Justus schüttelte den Kopf. »Nein, das kann ich mir nicht vorstellen. Wenn man in die Geschichte blickt, dann bestand der Sinn der Grundrechte darin, einen Freiheitsraum für den Einzelnen gegenüber dem Staat zu schaffen. Privatleute untereinander können sich daher nicht auf die Grundrechte berufen.« Justus warf einen schnellen Blick auf Timo, als ob er erneuten Widerspruch erwartete.

»In der heutigen Zeit wird die Freiheit des Einzelnen nicht nur vom Staat allein bedroht«, erwiderte Timo, »sondern das Individuum steht zunehmend wirtschaftlicher oder politischer Macht gegenüber, die von Gruppen, Verbänden und Großunternehmen, von Arbeitgebern, Gewerkschaften und Presseunternehmen, aber auch von Einzelpersonen ausgeübt wird. Da liegt es doch nahe, aus der Vergleichbarkeit der Gefährdungen der realen Freiheit durch den Staat oder durch gesellschaftliche Kräfte die Konsequenz zu ziehen.«[39] Justus schaute stirnrunzelnd zu Timo hinüber. Der fuhr aber unbeirrt fort: »Das zur Freiheitssicherung gegenüber der Staatsgewalt bewährte Grundrechtssystem müsste auch zum Schutz vor gesellschaftlichen Bedrohungen herangezogen werden! Grundrechte müssten deshalb nicht nur im Verhältnis des Bürgers zum Staat anwendbar sein, sondern auch in der Beziehung von Privatleuten untereinander Wirkung entfalten und damit den Inhalt einer privatrechtlichen Entscheidung mitbestimmen.«

Justus war genervt. »Das klingt ja sehr abstrakt. Kannst du mal konkreter werden?«

»Ich meine zum Beispiel, Artikel 3 Absatz 2 Grundgesetz (*Männer und Frauen sind gleichberechtigt*) müsste auch für private Arbeitgeber gelten. Also: gleicher Lohn für gleiche Arbeit.«

Justus schüttelte den Kopf. »Das Verfassungsrecht gehört doch zum öffentlichen Recht, und im öffentlichen Recht geht es um das Verhältnis zwischen Staat und Bürger und nicht um die Rechtsverhältnisse von Privaten untereinander. Außerdem steht in Artikel 1 Absatz 3 Grundgesetz: *Die nachfolgenden Grundrechte binden Gesetzgebung, vollziehende Gewalt und Rechtsprechung als unmittelbar geltendes Recht.* Von Privatleuten ist da keine Rede. Meine Privatangelegenheiten, insbesondere meine vertraglichen Beziehungen, muss ich doch nach meinen eigenen Vorstellungen gestalten können. Würden die Grundrechte alle gegenüber allen binden, wäre eine solche selbstbestimmte Gestaltung der Vertragsbe-

---

[39] Erichsen, Drittwirkung der Grundrechte, Jura 1996, S. 527 ff.

ziehungen nicht möglich. So würde die Anwendung des Gleichheitssatzes im Privatrechtsverhältnis dazu führen, dass Differenzierungen im rechtsgeschäftlichen Verkehr nur aus sachlichen Gründen vorgenommen werden können. Das Recht zu unsachlicher, etwa gefühlsmäßig geprägter Entscheidung ginge verloren. Das Ergebnis wäre ein Weniger an persönlicher Freiheit. Je mehr man Privatleute aus den Grundrechten zahlreiche Verpflichtungen auferlegt, umso geringer wird die persönliche Freiheit. Dem Privatmann muss grundsätzlich auch eine willkürliche Entscheidung erlaubt sein.«

Nachdem Justus seine Ausführungen beendet hatte, war es einige Augenblicke still. »Und wie lautet die Antwort?«, fragte Timea und schaute Arne auffordernd an.

»Heute ist es tatsächlich eine heftig diskutierte Frage, ob auch Privatpersonen an die Grundrechte gebunden sind, ob eine sogenannte ›Drittwirkung der Grundrechte‹, das ist der Fachbegriff, anzunehmen ist«, erwiderte Arne.

»Im ›Lüth-Verfahren‹ hat sich das Bundesverfassungsgericht erstmalig mit der Frage befasst, ob die Grundrechte auch unter Privatleuten zu beachten sind. Der damalige Vorsitzende des Hamburger Presseclubs, Erich Lüth, hatte anlässlich einer Filmwoche zum Boykott des Films ›Unsterbliche Geliebte‹ des Regisseurs Veit Harlan aufgerufen, weil dieser unter anderem den Film ›Jud Süß‹ gedreht hatte, den schlimmsten antijüdischen Film während der Zeit des Nationalsozialismus. In den gerichtlichen Verfahren ging es wohlgemerkt nur um die Auseinandersetzung zwischen zwei Privatleuten. Die Verleihfirma hatte zunächst eine einstweilige Verfügung und dann auch ein Urteil vor dem Landgericht Hamburg erwirkt, in dem Lüth verboten wurde, das deutsche Publikum zum Boykott des Films aufzufordern. Im Zivilrechtsurteil wurde der Boykottaufruf als vorsätzliche sittenwidrige Schädigung nach der einschlägigen Vorschrift Paragraf 826 BGB (Bürgerliches Gesetzbuch) untersagt und Strafgeld angedroht.[40] Gegen die letztinstanzliche Entscheidung erhob Lüth Verfassungsbeschwerde.

Das Bundesverfassungsgericht hat in dem Lüth-Urteil sinngemäß ausgeführt:

Ohne Zweifel sind die Grundrechte in erster Linie dazu bestimmt, die Freiheitssphäre des Einzelnen vor Eingriffen der öffentlichen Gewalt zu sichern; sie sind Abwehrrechte des Bürgers gegen den Staat. ... Ebenso richtig ist aber, dass das Grundgesetz für alle Bereiche des Rechts gelten muss, Gesetzgebung, Verwaltung und Rechtsprechung. Und es beeinflusst selbstverständlich auch das bürgerliche Recht; keine bürgerlich rechtliche Vorschrift darf in Widerspruch zu ihm stehen, jede muss in seinem Geiste ausgelegt werden.[41]

Deshalb würde die Auslegung des Paragrafen 826 BGB bei Berücksichtigung der Meinungsfreiheit des Artikels 5 des Grundgesetzes in diesem Fall ergeben, dass der Boykottaufruf nicht gegen die guten Sitten verstoßen habe. Veit Harlan sei durch ›Jud Süß‹ politisch schwer belastet und Erich Lüth durfte davon ausgehen, dass sein erneuter Auftritt als Regisseur die Herstellung eines wahren inneren Friedens mit dem jüdischen Volk gefährden würde. Also könne sein Verhalten nicht als unsittlich im Sinne des Paragrafen 826 BGB angesehen werden. Anders würde der Wert, den das Grundrecht der freien Meinungsäußerung für die freiheitliche De-

---

[40] Wesel, Geschichte des Rechts, Anm. 330.
[41] BVerfGE, NJW 1958, S. 257.

mokratie besitzt, empfindlich geschmälert. Im Fall Lüth musste deshalb die Vorschrift des Paragrafen 826 BGB im Licht der Grundrechte ausgelegt werden. Ausschlaggebend ist hier die verfassungsrechtliche Grundentscheidung für die Meinungsfreiheit in Artikel 5 Absatz 1 GG. Unter diese Gewährleistung fällt auch ein Boykottaufruf. Der Boykottaufruf des Verlegers Lüth wurde deshalb vom Bundesverfassungsgericht nicht als sittenwidrig eingestuft.«[42]

Arne legte sein Konzept auf den Tisch. Es war still. Die Studienfreunde beobachteten Holger, der sich eifrig Notizen machte. Er hatte einen roten Kopf, Schweißperlen standen ihm auf der Stirn. Plötzlich wurde ihm bewusst, dass ihn die Studienfreunde beobachteten. Schnell legte er seinen Stift auf den Tisch.

»Lasst uns eine kleine Pause machen«, schlug Arne vor.

Timo stimmte zu und sagte dann: »Ich möchte gern einen Vorschlag zur Diskussion stellen.« Die anderen schauten ihn erwartungsvoll an. »Ich möchte vorschlagen, die Rechtsgebiete und Vorlesungen aufzuteilen. Jeder schreibt eine Zusammenfassung über sein gewähltes Rechtsgebiet, stellt Fragen und Antworten zusammen und leitet für sein Fach die Arbeitsgruppe. Zur Examensvorbereitung am Ende des Studiums können wir dann auf die Ausarbeitungen zurückgreifen.«

»Ich nehme Zivilrecht«, platzte Holger dazwischen.

»Ich habe schon angefangen, mich auf das Zivilrecht vorzubereiten«, widersprach Justus.

Timo legte die Stirn in Falten. »Arne, was meinst du? Ist es nicht das Beste, die Rechtsgebiete aufzuteilen?« Arne nickte leicht.

[42] Wesel, Geschichte des Rechts, Anm. 330.

»Wir haben ja schon mit dem Aufteilen begonnen«, sagte Holger schnell. »Ich nehme das Zivilrecht. Das Rechtsgebiet ist wie geschaffen für mich. Ich brauche das Fach.«

»Ich denke, wir sollten ruhig darüber sprechen, wer welches Gebiet bekommt«, meinte Timea. »Vielleicht sollten wir das auslosen.«

»Ich sagte doch schon, dass ich bereits angefangen habe, mich auf das Zivilrecht vorzubereiten«, wiederholte Justus.

»Das geht doch nicht«, protestierte Holger und ballte seine Hände zu Fäusten.

Timo schaute genervt. »Hör mal, Holger, vielleicht ist es ja besser, ein anderes Rechtsgebiet zu wählen. Du solltest alle Wissensbereiche bedenken, damit du zum Schluss optimal vorbereitet bist.«

»Ich habe mich bereits entschieden«, beharrte Holger stur. »Die Fächer sind nicht alle gleichwertig. Außerdem hat mein Schwiegervater ein Rechtsanwaltsbüro, in das ich nach dem Examen eintreten soll, und die Praxis ist auf Zivilrecht spezialisiert.«

»Das bringt doch nichts!«, gab Justus verärgert nach. »Wenn du so auf das Zivilrecht fixiert bist, dann übernimm halt dieses Fach. Wenn du es so liebst, wirst du auch besser motiviert sein. Bevor wir aneinandergeraten, kann ich auch einen anderen Bereich übernehmen.«

»Welches Gebiet würdest du nehmen?«, fragte Timo.

»Wenn ihr einverstanden seid, übernehme ich das Verwaltungsrecht.«

»Arne, was wählst du?«

»Ich könnte das Verfassungsrecht bearbeiten.«

»Dann übernehme ich das Strafrecht«, meinte Timea.

»Gut, ich habe mich auf die ›Einführung in das Recht‹ vorbereitet«, sagte Timo, »und würde auch das Arbeitsrecht vertreten. Wenn noch weitere Fächer auf uns zukommen, müssen wir uns noch einmal über die Verteilung unterhalten.«

Arne nahm wieder sein Manuskript zur Hand. »Ich würde vorschlagen, dass wir jetzt noch die letzten Fragen zum Verfassungsrecht behandeln«, sagte er.

Justus und Timo schauten wenig begeistert, doch Timea nickte zustimmend. »Sehr gut, lasst uns weitermachen«, sagte sie, legte fünf eng beschriebene Blätter zur Seite und riss voller Energie ein neues Blatt von ihrem Schreibblock.

2 Das Staatsrecht

»Wir beenden also das Thema Grundrechte und wenden uns dem staatsrechtlichen Teil des Grundgesetzes zu«, sagte Arne. »Holger, wir haben bei Professor Westhagen von der Gewaltenteilungslehre Montesquieus gehört. Hat diese Lehre noch Bedeutung für unser Grundgesetz?«

Holger zögerte. »Nein, das kann ich mir nicht vorstellen«, antwortete er langsam. »Das Prinzip diente in der Vergangenheit dazu, die Macht des Königs zu beschränken. Jetzt haben wir doch keinen König mehr.«

Plötzlich war es sehr still. Die Studienkollegen blickten Holger ernst an. Der schaute erst von einem zum anderen und senkte dann seinen Blick. »Ich wiederhole den guten Rat, Holger«, sagte Justus. »Du solltest nicht nur auf das Zivilrecht fixiert sein, sondern dich auch dem Verfassungsrecht widmen.« Holger blickte verunsichert auf, an seinem Hals zeigten sich rote Flecken.

»Kannst du die Frage beantworten, Justus?«, fragte Arne.

»Ja klar«, sagte Justus. »Die Gewaltenteilungslehre Montesquieus ist in unser Grundgesetz, in unsere Verfassung eingeflossen. In Artikel 20 Absatz 2 GG heißt es: *Alle Staatsgewalt geht vom Volke aus. Sie wird vom Volke in Wahlen und Abstimmungen und durch besondere Organe der Gesetzgebung, der vollziehenden Gewalt und der Rechtsprechung ausgeübt.«*

»Durch welche Organe wird die Gewaltenteilung auf Bundesebene wahrgenommen?«, richtete Arne die nächste Frage an Timea.

Sie zählte auf:

- »*Ausführende Gewalt (Exekutive): Bundesregierung, Bundespräsident*
- *Gesetzgebende Gewalt (Legislative): Bundestag, Bundesrat*
- *Rechtsprechende Gewalt (Judikative): Bundesverfassungsgericht, oberste Gerichtshöfe des Bundes.«*

»Was ist der Sinn des Gewaltenteilungsprinzips?«, ging die nächste Frage an Timo.

»Es hat die Aufgabe, die Staatsgewalt zu begrenzen und zu kontrollieren und dadurch die Freiheit des Einzelnen zu schützen. Weiterhin wird durch die Gewaltenteilung eine sinnvolle Arbeitsteilung herbeigeführt.«

Arne schaute zu Holger hinüber. »Wie wird verhindert, dass eine der drei Funktionen eine übergeordnete Stellung erlangt?«

Holger hielt weiter seinen Blick gesenkt und suchte in seinen Unterlagen, so dass er nicht bemerkte, dass diese Frage ihm galt. Schließlich schaute Arne auffordernd Timea an. »Das Trennungsprinzip wird ergänzt durch gegenseitige Einflussnahmemöglichkeiten und Abhängigkeiten«, sagte Timea und zögerte ein wenig, bevor sie hinzufügte: »... einem System der ›checks and balances‹. Die Regierung als die Spitze der Verwaltung ist vom Parlament abhängig. Verwaltung und Rechtsprechung sind an die vom Parlament erlassenen Gesetze gebunden (Art. 20 Abs. 3 GG). Die Regierung hat vielfältige Einflussmöglichkeiten auf das Parlament, insbesondere das Recht der Gesetzesinitiative (Art. 76 GG). Die Gerichte kontrollieren die Verfassungsmäßigkeit der vom Parlament erlassenen Gesetze, vor allem aber die Rechtmäßigkeit einzelner Maßnahmen der Verwaltung.«

»Kann ein Bundesbeamter auch Mitglied des Bundestages sein?«, fragte Arne und schaute wieder Holger an, der weiter eifrig in seinen Unterlagen las. »Holger, willst du die Frage beantworten?«, hakte Arne schließlich nach.

Erschrocken blickte Holger auf, seine Wangen waren gerötet. »Was meinst du? Welche Frage soll ich beantworten?«

»Kann ein Bundesbeamter auch Mitglied des Bundestages sein?«, wiederholte Arne. Holger schwieg. »Denk mal nach, wovon wir gerade gesprochen haben, dann ist die Frage ganz einfach zu beantworten.«

»Ein Bundesbeamter? Mitglied des Bundestages?«, murmelte Holger leise vor sich hin. »Warum nicht?«, sagte er schließlich. »Wenn es seine Zeit zulässt.«

Arne ließ sein Manuskript auf den Tisch fallen. Timo rollte die Augen. »Holger, aufwachen!«, sagte Justus und stieß seinem Nachbarn in die Seite. »Merkst du nichts? Gewaltenteilung! Die Gewaltenteilung würde nicht funktionieren, wenn dieselben Personen, die als Abgeordnete im Parlament ein Gesetz beschließen, dieses Gesetz als Verwaltungsbeamte später anwenden und schließlich als Richter darüber entscheiden würden, ob sie die Gesetze richtig erlassen und zutreffend angewandt haben.«[43]

Holger schwieg und blätterte eifrig weiter in seinen Papieren.

[43] Stichwort »Inkompatibilität«, Creifelds, Rechtswörterbuch.

»Hier ist definitiv meine letzte Frage für heute«, sagte Arne. »Wird das Gewaltenteilungsprinzip auch durchbrochen?«

»Der Grundsatz der Gewaltenteilung wird auf vielfältige Weise durchbrochen«, antwortete Justus. »Zum Beispiel, wenn die Verwaltung statt des Bundestages allgemein geltende Regeln, also Gesetze erlässt und damit Aufgaben der Gesetzgebung wahrnimmt. Diese Gesetze der Verwaltung heißen Rechtsverordnungen. Beispielsweise die Regeln zum Straßenverkehr aus der Straßenverkehrsordnung: Die hat der Verkehrsminister erlassen.«

»Geht das denn?«, äußerte Timo Zweifel. »Das ist doch eine massive Verletzung des Grundsatzes der Gewaltenteilung, wenn die ausführende Gewalt Gesetze macht. Das haben wir doch bei Montesquieu gelernt.«

»Die Übertragung der Gesetzgebung auf die Verwaltung geht natürlich nur in eng begrenzten Fällen, die in Artikel 80 Grundgesetz festgelegt sind«, erklärte Arne, »sonst würde sich der Gesetzgeber selbst entmachten. Und man kann sich nicht vorstellen, dass der Gesetzgeber die Zustimmung zu seiner eigenen Entmachtung geben würde.[44] Artikel 80 des Grundgesetzes bezweckt eine Entlastung des Bundestages, indem bestimmte Gesetzgebungsbefugnisse auf die Regierung übertragen werden können. Das Gewaltenteilungsprinzip schreibt jedoch vor, die Rechtsetzung grundsätzlich dem Parlament vorzubehalten.« Arne legte die Blätter mit den ausgearbeiteten Fragen zusammen. »Wir haben es für heute geschafft«, sagte er.

Timea nahm das Manuskript an sich und heftete es in den Ordner »Justitias Studium«.

[44] Hier irrt Arne, wie die jüngere deutsche Geschichte zeigt.

Literaturangaben

1. Semester

BECKER, HANS-JÜRGEN
Das Gewaltmonopol des Staates und die Sicherheit des Bür-
gers. Der Ewige Landfriede – vor 500 Jahren
Neue Juristische Wochenschrift, 1995, S. 2077 ff.
Zitierweise: Becker, Gewaltmonopol, NJW 1995

Der Fall Marianne Bachmeier
Der Spiegel, 10/1981, S. 130 ff.

GÖRG, HANS-JÜRGEN
Die Entstehung des strafprozessualen Anklageerzwingungs-
verfahrens als historische Konsequenz aus dem Wandel von der
privaten zur staatlich monopolisierten Strafverfolgung
S. Roderer Verlag, Regensburg 1995
Zitierweise: Görg, Entstehung Anklageerzwingungsverfahren

KAUFMANN, EKKEHARD
Die Fehde des Sichar
JuS, Juristische Schulung, 1961, S. 85 ff.

SCHMIDT, EBERHARD
Einführung in die Geschichte der deutschen Strafrechtspflege
Vandenhoeck & Ruprecht, Göttingen, 3. Aufl. 1965
Zitierweise: Schmidt, Einführung Strafrechtspflege

VON TOURS, GREGOR
Zehn Bücher Geschichten, Zweiter Band Buch 6 bis 10

Auf Grund der Übersetzung W. Giesebrechts neu bearbeitet
von Rudolf Buchner
Wissenschaftliche Buchgesellschaft Darmstadt, 9. Auflage 2000
Die Geschichte von Sichar wird in Buch VII Kap. 47 erzählt

WEIGEND, THOMAS
Deliktsopfer und Strafverfahren
Duncker & Humblot, Berlin 1989

WESEL, UWE
Frühformen des Rechts in vorstaatlichen Gesellschaften.
Umrisse einer Frühgeschichte des Rechts bei Sammlern und
Jägern und akephalen Ackerbauern und Hirten.
Suhrkamp, Frankfurt am Main 1985
Zitierweise: Wesel, Frühformen des Rechts

2. Semester

Borgmann/ Hermann
Soziale Grundrechte
Juristische Arbeitsblätter: JA, 1992, S. 341

BOSSUET, JACQUES-BÉNIGNE
Die Politik nach den Worten der Heiligen Schrift. Erstausgabe
1682. Textauszug aus: Geschichte in Quellen. Bd. 3 Renaissance,
Glaubenskämpfe, Absolutismus (hrsg. v. Fritz Dickmann)
Bayerischer Schulbuchverlag, München 1976

ENGELMANN, BERNT
Wir Untertanen. Ein Deutsches Anti-Geschichtsbuch
Bertelsmann, München 1974
Zitierweise: Engelmann, Wir Untertanen

ERICHSEN, HANS-UWE
Drittwirkung der Grundrechte
Jura: Juristische Ausbildung 1996, S. 527ff.

Hall, Karl-Heinrich
Das Numerus-clausus-Urteil
JuS, Juristische Schulung, 1974, S. 87 ff.

Hartig, Paul
Die Französische Revolution
Klett Verlag Stuttgart

Hattenhauer, Hans
Die geistesgeschichtlichen Grundlagen des deutschen Rechts
UTB, Uni Taschenbücher Verlag, 4. Aufl. 1996
Zitierweise: Hattenhauer, Geistesgeschichtliche Grundlagen

Kissel, Otto Rudolf
Die Justitia: Reflexionen über ein Symbol und seine Darstellung in der bildenden Kunst
C. H. Beck, München, 2. Aufl. 1997
Zitierweise: Kissel, Justitia

Lessing, Gotthold Ephraim
Emilia Galotti
Reclams Universal-Bibliothek Nr. 45

Machiavelli, Niccoló
Der Fürst
Insel Taschenbuch 1207, München 1990

Montesquieu, Charles-Louis
Vom Geist der Gesetze
Reclams Universal-Bibliothek Nr. 8953

Paschold, Chris E. / Gier, Albert
Die Französische Revolution. Ein Lesebuch mit zeitgenössischen Berichten und Dokumenten. Reclam, Stuttgart 2005

Schiller, Friedrich
Kabale und Liebe
Reclams Universal-Bibliothek Nr. 15335

STOLLEIS, MICHAEL
Geschichte des öffentlichen Rechts in Deutschland Bd. 2
C. H. Beck, München 1992

WESEL, UWE
Fast alles, was Recht ist. Jura für Nicht-Juristen
Eichborn Verlag, Frankfurt am Main 1996
Zitierweise: Wesel, Jura für Nichtjuristen

WESEL, UWE
Geschichte des Rechts
C. H. Beck, München 1997